黑暗中的戀愛喜劇
Love comedy in the dark
Daisuke Suzuki 鈴木大輔
Illustration tatsuki

天神由美里是個無償在當英雄的人。

我這麼講，肯定會有人認為這傢伙怪不正經的對吧？實際上，她的確稱不上是正經八百，那怕嘔血啃石也要拯救世界——她絕對是這世上，與如此崇高行為最搭不上邊的人。

不過這樣的她卻是個正牌貨。

她無庸置疑是個英雄，也確實是個義工。

不講理、不合理、不可能，她都一笑置之，如此孤傲且獨一無二的存在，故名為英雄，正因為無人知曉，才會是無償勞動。

這就是天神由美里的故事。

同時，也是我過去身為世界敵人的故事。

……啊啊，完了。

這麼講根本不能傳達我想表述的萬分之一。

呃——我重新說明一次，我的名字叫做佐藤治郎，是天神由美里的戀人。附帶一提，我們有過肉體關係，就連超猛的喇舌都做過，除此之外的事，也不在話下……不不不，別丟我石頭，並沒有你們想像的那麼美好，我不是想炫耀，也沒打算自抬身價。完了，只要提起她的事，我就無法保持平靜。

好。

我調適好心情了。

總之我就開始說吧，反正船到橋頭自然直。我就用一句話來整理這個故事的內容，把這個類似前言的廢文收尾。

這是一部以我佐藤治郎，殺死天神由美里為結局落幕的故事。

第一話

我和她初次見面是在夢裡。
把這情境轉換成語言實在是充滿槽點，在夢裡見面是什麼鬼，又不是青春期少年的妄想，雖然我確實正值青春期，我才十六歲而已。
回到正題。
當時的我簡直得意到目中無人，畢竟我能夠自由操控夢境。

†

『這世界充滿了垃圾。』
這是眾所周知的事，也是不爭的事實。

就我而言，我媽就是個垃圾。她整天嘮嘮叨叨，還會擅自闖進別人房間打掃，年過四十後甚至學會用超厚濃妝武裝自己，最喜歡綜藝節目還有和三姑六婆講八卦，反正她就是個垃圾中的垃圾，說是無可救藥的大垃圾也不為過。

我的學校也充滿垃圾。我同學都是些學會玩手機、用社群軟體就得意忘形的猴子，那些低能滿腦子只想著打炮。我在學校只能閉上眼、戴上耳機開大音量，在猴群度過無意義的時光。和我有交集的人，就只有校內第一的不良學生，每次開口就只會說：「喂，治郎，今天買紅豆麵包給我，別忘了果汁牛奶啊，聽到沒。」

這時我身處的世界，有百分之百被自家和學校這兩個地方占據，既然這兩個地方都充滿垃圾，就等於全世界都是垃圾。

我能取得這股「力量」純屬運氣。

就這點來說，我的運氣真的很好。

人生就好比是買彩券，不中就是不中，真要中獎時想擋都擋不住。

†

「啊————哈哈哈哈哈哈！！！！！！」

現世如夢，夜夢方真。

曾有作家如此一語道破。

這是名言中的名言，也是事實，這點我十分明白。

「治郎大人太厲害了！」

跟班A諂媚道。

「治郎大人真是出色！」

跟班B磨蹭著說。

「治郎大人實在優秀！」

跟班C巴不得直接舔我的鞋子吹捧說。

今晚大擺宴席。

身著華衣的俊男美女、勇猛精悍的近衛士兵，在凡爾賽宮般奢華的宮殿整齊列隊，放眼望去，盡是美食佳釀。

端坐在王座上的，正是立於世界頂點的本人我——佐藤治郎。

「啊——哈哈哈哈！」

我單手拿著紅酒杯大笑。

「來，喝酒！跳舞！歌唱！今晚不拘禮數！大家盡情狂歡，想怎麼鬧就怎麼鬧！」

「如您所願，治郎大人！」

「大家喝酒唱歌跳舞！祝治郎大人萬壽無疆！願治郎大人榮耀長存！」

這裡就是我的「王國」。

只不過這裡是夢境世界。既然無法區分夢境跟現實的話，想把哪邊當成現實都看當事人意願，起碼我是這麼想的。

我是最近才發現這股力量，沒什麼特別的契機，真的就是突然之間，如晴

天霹靂一般得到了。

夢境。

有一說法是睡眠時，人類的大腦整理記憶時，會看到類似幕間劇——或者該說是雜亂無章的景象。

而我能自由控制每晚睡夢的景象。

要問為什麼，我也不清楚。做不到的人就是做不到，而我就是做得到，兩者間的差異，就和能自己動耳朵跟做不到的人一樣，即使叫我說明，我也只會語塞。

某一天，我就突然變成做得到的那方。

沒有什麼其他的理由，我剛才也說了，這跟買樂透沒兩樣，而這世上幾乎所有事物都靠運氣決定。

反正我就做我的夢。

這個夢自由到能任憑我恣意妄為，也正因為如此，我才勉強沒有與現實世界脫節。

我向跟班A說。

「喂，妳。」

「治郎大人，有何吩咐！」

「過來幫我按摩肩膀。」

「好的，樂意之至！」

我向跟班B說。

「喂，妳。」

「治郎大人，有何吩咐！」

「妳的裙子太長了，再弄短一點。」

「好的，樂意之至！」

我向跟班C說。

「喂，妳。」

「治郎大人，有何吩咐！」

「讓我看妳的內褲。」

「好的，樂意之至！」

跟班們收到我的命令，一個個露出迷濛陶醉的神情。

我還刻意挑選可愛的女生做為跟班。跟班A是我班上囂張的班長、跟班B是用看著垃圾般眼神瞪我的辣妹、跟班C是我好心向她攀談卻無視我的文藝社員。她們身上穿的，都是女僕裝、旗袍、護士服一類的裝扮。

簡單來說，我依照個人喜好創造了這個世界。

我能讓現實中那些叫人火大的女人，穿上我喜歡的衣服，絕對服從我的命令。

哪裡還找得到如此美好的世界？能自由操控夢境就是這麼一回事，這股力量完全超越了VR技術，是所有人夢寐以求的能力。

多麼愉悅，我手拿酒杯發布下個命令。

而命令對象，就是平時使喚我跑腿的不良學生。

「喂，妳。」

「……幹麼。」

「去買紅豆麵包，別忘了還要果汁牛奶。」

「開什麼玩笑！誰幫你跑腿！」

創造這種反骨仔，對我的王國也算是適度調劑，畢竟被一群絕對服從、崇拜我的人包圍，實在是缺乏了點樂趣。

「少囉嗦，快用跑的去買，限妳在一分鐘內從便利商店回來。」

「哼，誰要聽你這白痴的話！而且這個世界哪來的便利商店！」

「沒有什麼是我辦不到的，我剛才在宮殿外造了幾間便利商店，要去小七還是全家隨便妳。這是我這個國王的心意，還不哭著向我謝恩。啊，錢就用妳自己的Ｓｕｉｃａ付吧。」

「我○！」

「哦，態度可真叛逆啊，要我把妳打扮成嬰兒模樣做為獎勵嗎？讓妳穿上尿布、口含奶嘴，還只准用『叭噗——』回話如何。不過我這人非常善良，要是妳當眾失禁了，我可以親手幫妳換尿布。啊，我忘了說，便利商店距離這裡，用衝的大概得花五小時才能到。」

「你這傢伙，開什麼——」

「倒數已經開始囉？一——二——三——」

「可惡！你給我走著瞧——！」

不良學生撂下狠話跑走了，不對，是去跑腿了。

真是爽快。

白天的恨意在夜晚夢境中一筆勾銷。

我就是靠著這種方式，勉強和充滿垃圾的世界相處，真是舒壓，要不是因為能這麼做，我才懶得面對現實世界。

「來來來，喝酒、唱歌、跳舞！今晚盡情狂歡！」

「樂意之至，治郎大人！」

「樂意之至！」

「樂意之至！」

跟班們附和道。我為了自己而擺設的宴會達到了最高潮。

樂團演奏著輕快的音樂，參加宴會的人們把酒言歡，毫不吝嗇地讚美著宴會主人，也就是我這個世界的主宰。

啊啊。

真好。

太爽快了。

這才是我的世界應有的形態。

在夜晚夢境中，我是自由的，不會受到任何拘束，什麼都做得到。

這才叫無所不能。

能夠自由控制每晚做的夢，哪有什麼比這還要更美好的——

唯有一件事實，是我心中的重擔。

那就是夜晚過後，黎明肯定會到來。

「只有這點無可奈何啊……」

我不禁碎念道。

做夢始終會清醒，這是鐵錚錚的事實。

一到早上，夢境便會如霧般消散。我又得起床、換衣服、吃早餐、刷牙、坐電車，進到滿是猴子的教室，沒有容身之處的我，只能趴在桌上裝睡，想辦法撐過這段垃圾一般的時間。

啊——真是討厭。

好不容易做了開心的夢，竟然又想起討厭的事。

夜夢方真，即使我如此催眠自己，依舊無法跨越現實這面厚重的牆壁。

嗯——

就不能想點辦法解決嗎？

我可是國王耶，在夢裡都能如此為所欲為了。

我是最近才取得這個能力，也確實為自己能自由操控夢境而欣喜不已，導致沒有深入思考過。這股力量，應該能用在其他地方吧？

如果現世如夢，夜夢方真。

那麼將夜晚和白天的世界顛倒過來，如此荒誕無稽的事，說不定也有可能辦得到。

這麼一想還真是愉快，若是能實現，我肯定能過得比現在還要快活，這下說不定真的得好好思考一下該怎麼做。對現實舉旗造反，徹底改寫世界法則，光是思考就覺得這實在太美妙了。

「這實在不可取啊。」

……有人如此說道。

一個我之外的某人。

「說實話，你的想法非常危險。」

『那個人』接著說下去。

一名不速之客，闖入我的盛宴。

「若是你就這麼沉溺於自己的妄想之中，我還能放你一馬，如今你卻打算對世界造反——如果抱持超越自身能力的非分之想，就會出現像我這樣的人來制止你喔。」

「…………」

我整個人愣住。

我手握酒杯，一語不發，直盯著這個人看。

這個人的裝扮實在詭異。

他全身被附帶帽子的斗篷包覆住。

手握看似鉤爪的手杖。

最引人注目的，是覆蓋住他整張臉的面具，面具眼部鑲嵌著玻璃，口部長著如灰鷺一般修長的嘴喙。

我時脈降到低點的思考回路再次運轉，此時腦中第一個浮現的詞彙是——瘟疫醫生。那是在中世紀歐洲，名為黑死病的瘟疫大流行時，四處奔波治療病患的醫療人員。

然而最詭異的莫過於，**我不認識這傢伙**。

這裡可是夢境的世界，是我隨心所欲創造出來，只屬於我的夢幻世界。光是我不知道這傢伙是誰，那就已經是怪到極點的事了。**況且他還是突然出現在眼前，而我絲毫沒有察覺**。

尤其是他的聲音特別不順耳，那彷彿是電視裡經常聽見，為保護當事人個資所做的變聲處理，再將那個不愉快的感覺強化數倍。光是聽著，我的大腦就好像要腐爛掉了。

宴會驟然停息。

塞得宮殿水泄不通的人們，正確地呈現了我的心理狀態，他們一語不發，甚至連一根手指都不敢動彈，有如時間停止般定在原地。

跟班ＡＢＣ——班長、辣妹和文藝社員，不安地偎在一塊，神情緊張地觀望著我們。這幾個傢伙是我特別以超高完成度重現在夢裡的人，即使在這種時候也會自主行動，既然妳們感到不安，幹麼不過來靠在我身邊？拜託別在這種奇怪的地方舉動特別真實好嗎？

……先別想那些有的沒的吧。

我終於開口。

「你，是誰？」

「我嗎？」

他聳肩說。

「我只是個愛管閒事的人，你也可以當我是醫生。」

「什麼意思？你在胡說什麼？不，那些都不重要。這裡可是我的夢裡啊？是任憑我自由控制的夢境，為什麼會有不認識的傢伙出現在這？」

「這很簡單，因為我是自在的。」

他只說了句不構成答案的話。

因為他是自在的？意思是他是無所不能？如果真的就字面上解釋來看，那他確實什麼都做得到。可是我想問的並不是這個。

「我能理解你的疑問。」

他聽得見我的心聲？

他點頭示意說道：

「不過沒問題，因為你的夢，將在這裡畫下終點。」

他舉起手中的杖。

我臉部抽搐。

因為他的手杖忽然變大到覆蓋我的視線，就連形狀也跟著改變，化作一把滿是尖刺的鐵鎚。

澳洲有一塊巨大的岩石，名叫艾爾斯岩，請試著想像那玩意浮現在自己的正上方，應該多少能理解我當下的感受。

「再會了，願你無論是健康或疾病，都能擁有美好的現實。」

鐵鎚揮落。

我連同我的世界，如字面意思被敲成粉碎。

†

以上就是事件始末。

我與他的第一類接觸，被單方面畫下休止符。

我和我的夢境被輕易討伐，我發出了如同野獸被砂石車輾過的悲鳴，從床上彈起。

衣服上沾滿汗水。

我感到口乾舌燥，能夠發出剛才的叫聲根本不可思議。

早上了。

陽光從窗戶照進房間，細碎灰塵看起來閃閃發亮。

剛才的是夢？還是現實？

應該是夢，可是未免太過真實了。

我能夠自由操控自己的夢境，單就這點而論，我的夢就已經比一般人還要更加真實。即便如此，剛才的夢簡直栩栩如生，令我不禁背脊發涼。

就在此時，老媽闖進我房間，用尖銳聲音大喊：「治郎——！你是要睡到什麼時候！」我則回嘴：「吵死了老太婆！不要隨便進我房間！」接著我（儘管感到厭煩）換衣服、迅速吃完早餐、刷牙、坐電車上學。在教室裡，班長（跟班A）對我冷眼相待，辣妹（跟班B）顧著塗指甲油沒空管我，文藝社員（跟班C）盯著小說，正眼都不瞧我一眼。「喂，治郎，今天買奶油麵包。」不良學生則一如往常差遣我跑腿。

一成不變的日常生活。

直到我從學校回家，才重新冷靜下來。

（昨天的夢不過是突發狀況罷了。）

我如此說服自己。

也是會出現這種情況。

我以為能夠自由操控的夢境，發生出乎意料的狀況，這種事多少都會發生，就連我自己，都不太清楚這能力究竟是怎麼回事，出點意外也不足為奇。

「嗯，只是意外罷了，嗯。」

我得出這個結論，再次迎接夜晚。

這次要做一場能把垃圾日常的憂鬱一掃而空，叫人嗨翻天的夢。

一入眠，我又回到屬於自己的王國。

今天宮殿也是人山人海，眾人沉醉於盛宴，跟班A班長、跟班B辣妹、跟班C文藝社員，依舊醉心於我，不良學生拋下「給我記住！」的狠話，奔向便利商店跑腿，今晚我依舊龍顏大悅。沒錯，就是該這樣才對呀，這才是世界該有的面貌。一切都由我擺布，人們絕對服從我的命令，白天的時間根本就是垃圾，夜晚時光才是我的現實。真是的，要是現實跟夢境能顛倒過來不知道有多快活──

「真叫我吃驚。」

……這話應該由我來說吧。

瘟疫醫生，又是他。這個穿著詭異、莫名其妙的傢伙，昨晚把我的夢境敲得稀巴爛。

「你怎麼還在做夢啊？生命力如此強大，真叫人佩服。」

「你、你竟然又跑出來搗亂——你到底是什麼人——」

「不好意思，該說再見了，願你這次能擁有美好的現實。」

†

我再次從夢中醒來。

汗流浹背的我從床上彈起大喊，陽光從窗戶照入，外頭麻雀吱吱喳喳地叫著。

喂喂喂。

真的假的。

這傢伙怎麼又出現了。

這次也是突發狀況？怎麼可能連續兩天發生？再怎麼說都不對勁吧？

和前天不同的是，這次他不是拿巨槌敲爛我，而是用類似電鋸的機械將我切碎成塊。不論過程如何，結果都一樣。任我隨心所欲控制的夢境中，出現了一個我不認識的人，而他將我的夢徹底消滅，這是千真萬確的現實。

「治郎！你是要睡到什麼——」

「就說妳不准進來了老太婆！」

換衣服、吃早餐、刷牙、坐電車。

今天依舊在學校被跟班ＡＢＣ當成空氣，被不良學生叫去跑腿，雖然我沒特別表現出來，其實內心焦躁到不行。不不不，怎麼可能，為什麼會變這樣？他不會今晚也照樣出現吧？應該不會吧？

「哎呀，想不到你今晚還來呀。」

出現了。

瘟疫醫生。

「雖說有二就有三，不過有道是事不過三喔。」

他舉起手杖。

手杖變成了筒狀的鐵塊，那形狀如同戰艦大和號自豪的主炮一般，當我回神，偌大轟聲已然響起，我和我的夢消失得無影無蹤，連一片灰燼都不剩。

†

第四天。

第五天。

第六天。

都是以同樣結局收場。

我做夢，瘟疫醫生出現在夢裡，將夢境和我破壞。

瘟疫醫生的手杖，能變化成各種形狀。

有時是火焰發射器，又有時是機關槍，或者單純的大劍，後來還變成我所不知道的某些東西，就連是不是兵器也不清楚，總之那把手杖不斷改變造型，且一成不變地蹂躪我和我的夢。

第十七天。

同樣的情境不斷上演，就連了無新意、只有同一個老梗能玩的藝人，都不會炒這麼多次冷飯。

然而狀況產生了變化。

改變的是我。

瘟疫醫生照常出現在我今晚夢中，他嘆了口氣表示對此感到厭煩，並舉起變形成不知名武器的手杖，就在他打算揮下武器，告別今晚夢境之時。

發生了超出他想像的事。

我擋下了他的武器。

「……真令我驚人。」

瘟疫醫生嘆道。

「光是有深不見底的生命力還不夠，你竟然培養起了抗性？」

「別以為！」

我咬牙切齒地喊。

我的聲音顫抖，不只是聲音，連接住武器的手也直打哆嗦。只要稍微恍神，今晚我就會被這形狀詭異、打下去肯定很痛的武器給徹底消滅吧。

「我會！一直！挨著！打啊！」

「好氣魄。」

瘟疫醫生說。

看來他藏在假面底下的臉正笑著。呵呵呵，我聽到了類似這樣的聲音，偏偏還是用變聲器修出的聲音，實在叫人不爽。

「其實我並不喜歡幹勁、努力這一類土氣的事物，但你接受我那麼多次治療還能苟延殘喘，實在令我佩服。」

「你、囂張個、什麼勁……！」

即使我擺出強硬態度，情勢依然對我不利。

瘟疫醫生不過是稍稍對他那外觀怪誕的凶器（看起來像是扳手、打洞機、電鑽組合而成的武器）施力，我就得用盡全身力氣去抵擋，這時他再輕輕對我吹口氣，我便無力回天，只能被他砸成肉餅。

「你到底算什麼東西啊！每天晚上擅自闖進我的夢裡！把夢摧毀還扯什麼治療！你有沒有想過被你打爛的人是什麼心情！再說我只是在夢中享樂！妄想是個人自由！這是人權！我的人權被你踐踏了！聽懂沒!?你這是侵犯人權！為什麼就不能讓我好好做夢！要是連夢裡都沒有容身處，你是叫我活在什麼地方！」

「感謝你的靈魂吶喊，我們來聊聊吧。」

「咦？」

瘟疫醫生頓時卸下力道。

變化成凶殘造型的武器，轉眼間變回原本的手杖形狀。

同一時間，失去支點的我，如鬆脫的伸縮桿般向前傾倒。「咕嘿!?」還發出了有如青蛙被踩扁時的叫聲。真是丟臉，就不能讓我在夢裡表現得帥氣點嗎。

「老實說，我現在被迫改變方針。」

瘟疫醫生拉了張放在旁邊的椅子坐下。

喂喂，你會不會太愜意了點，這裡可是我的城堡，那張椅子是我為了招呼客人才創造出來的耶。都怪你今晚又闖進我的夢裡強制終止宴會，害得城裡連個人影都沒有。

「話說回來，你可真是有趣啊。」

瘟疫醫生說。

「我還是第一次碰到接受我治療卻遲遲無法痊癒的疾病，事到如今，應該是無法用外科手法處置，這下該怎麼辦呢……」

「你少在那自說自話了。」

我罵道。

「你到底又是個什麼東西，用這種『我什麼都曉得』的態度說話，我根本有聽沒懂。快點跟我說明狀況，至於你侵犯人權這件事，我就先不計較了。」

「我是醫生，主要是治療世界。」

「…………」

什麼？

世界？

治療？

「而你就是疾病本身，也能說是病灶。老實說，我身為醫生有義務對患者講解症狀，但你是病灶，我本來是沒必要對你說明的。」

所以你就每晚闖進我的夢裡「治療我」？

真是荒唐無稽。

就我聽來，只覺得他在扯些自己虛構的妄想。

不過現況早已超脫現實，這是不爭的事實。

這傢伙是醫生。

而我是疾病。

醫生的敵人是疾病，所以他一而再、再而三地攻擊我。

好吧，雖然我完全無法接受，就先當作是這麼一回事好了。

但我剛才也說過了吧？人要做什麼夢都是他們的自由啊？

「完全不對喔。」

瘟疫醫生搖頭說。

「你說得對，妄想確實是個人自由，只是在腦中想的話，不論做什麼都不會被問罪。不過呢，你的前提本身就錯了，你以為是夢境的東西，其實不是夢。」

「……什麼意思？」

「就是字面上的意思。你每晚做的夢，在城堡裡當國王，隨心所欲操控現實中看不順眼的人，夜夜笙歌胡鬧，其實是另一個現實。」

我聽不懂他在說什麼。

不，我明白他的意思，只是覺得根本狗屁不通。

「現在的你不明白，但我就是知道，我也能輕易想像，就這麼放著你不管，將會造就怎樣的未來。」

「還想像咧……會變怎樣？」

「那還用說，世界會毀滅。」

OH……

這傢伙到底在胡說些什麼呀強尼？

HAHAHA。我也聽不懂呀巴比。

「你或許沒有察覺，你每晚做的夢已經開始侵蝕現實世界了。像是在你夢裡奉承你的跟班A班長、跟班B辣妹、跟班C文藝社員，她們已經開始產生變化，就連在夢裡接受你那小小報復的不良學生也一樣。在夢裡被強制要求的事，會使被強制的人們身心造成巨大負擔。」

瘟疫醫生翹腳、手撐在膝蓋上說道。

「當然，那些還只是些小小的變化，畢竟你是最近才開始在夢境控制她們。不過一個月後、半年後，甚至數年後又如何？多數大病，都是因小事堆積才出現表徵的。還有，在你夢境裡登場的其他龍套，也都是現實世界中存在的人。你是在無意識下將它們拉進你的世界裡，這也逐漸對她們產生影響了，不久之後，就會有人陸續因身體不舒服而跟學校或職場請假。正因為表面上都只是微小的變化，才會難以收拾。」

「…………」

我還是聽不懂他在說什麼。

不過我內心確實開始浮躁。

我的直覺告訴我。

這一切都是現實，還是異常狀態。這股奇妙力量的覺醒，以及這個自稱醫生的神祕人物出現，確實都不合乎常理，所以我聽不懂他說什麼也是理所當然，然而這怎麼想都不樂觀的事態，還會持續演變下去。

「這的確是不小的危機，推定出的最終被害規模也是大到超乎想像，不誇張地說，這是世界的危機，同時對我而言也是危機，因為你是第一個能令我如此棘手的症狀——應該說，如果你只是自顧自做夢又完全無害的存在，我根本沒有必要出現，畢竟我也沒那麼閒，這就證明了你的優先度有多高。我重申一次，這是世界的危機，也是必須不計代價處理的最優先案件。」

瘟疫醫生加重語氣說道。

這個人的說話方式雖然難以捉摸，不把人放在眼裡，只有這時，他的聲音混雜了正經的情感。

「你是不是覺得難以跟自己周遭的環境相處？」

瘟疫醫生接著說下去。

「你覺得這世界是垃圾，我沒說錯吧？」

說得沒錯。

百分之百正確。

「那你果然非常危險。能夠自由操控夢境的能力，就算是給甘地再世的和平主義者也是十分危險，更別提給了仇視世界的人。必須想辦法及早處置，就算無法完全治好，也得想辦法緩解症狀，這一切都看醫生的技術。」

「哼嗯，這樣啊，原來如此……」

我細細咀嚼瘟疫醫生所說的話。

我到現在終於釐清狀況了，原來如此，是這麼一回事啊。所以瘟疫醫生才會每晚不厭其煩地出現妨礙我，如果他說的是真的，的確合乎邏輯，很好很好，我終於理解了。

這還真是……

聽到一個好消息呢。

「我大概懂了。」

我說道。

方才的焦慮，早已煙消雲散。

「我再問一次，每天晚上角色扮演成瘟疫醫生，闖入別人夢裡的你，到底是什麼人？」

「說我在角色扮演還真沒禮貌，穿成這副模樣是為了表現出我的決心。中世紀歐洲黑死病流行之時，多數活躍的瘟疫醫生，都只是無名的市井小民。他們不一定能施以正確的治療，甚至絕大多數人都只是窮途潦倒，被迫接受這個職務的地痞流氓，即便如此，他們依然不顧自身危險，前往疫病蔓延之地——」

「不，這類說明就免了。總之你就是個治療世界的醫生，擁有能進入我夢裡單方面痛扁我的能力，卻遲遲無法治療我，這麼說沒錯吧？」

「雖然這麼解釋有些粗魯，但大致上沒錯。」

「如果你所說的是正確的，我所擁有的力量，足以危害整個世界對吧？」

「嗯，沒錯。」

「而且現階段，你拿我完全沒轍對吧？」

「這麼講真叫人火大，不過沒錯。」

「而我的夢，總有一天會侵蝕現實。」

「正是如此。」

「這樣啊，謝謝你特地告訴我。」

我這不是在諷刺他，而是真心感謝。

我發自內心露出了邪惡的笑容。

這簡直是典型的天賜良機，而且是敵人主動送鹽過來，就連甘地碰上這狀況也會笑得合不攏嘴吧。

「我決定了，我要成為世界的敵人。」

我說。

「我要徹底顛覆這個世界。你說我的夢會侵蝕世界對吧？換言之，『現世如夢，夜夢方真。』將會成為現實。好啊，太好了，這下我那無聊至極的人生終於要變得有趣了。」

「這可真叫人傷腦筋。」

「隨便你傷透腦筋吧，庸醫。不過我可是相當感謝你，新世界完成之時，我就給你當個大臣或是總統做為獎勵，到時候你就當個忠實的部下為我做牛做馬好了。」

「那還真是多謝了。」

這傢伙呵呵呵地笑道。

膽敢在王面前笑出聲，信不信我現在就判你死刑？

「沒什麼，我只是感到有些愉快。佐藤治郎同學，你真是個善人，這不是諷刺而是真心話。」

「善人？我？」

「當然是在說你。只要看一眼你的夢境世界，也就是內心景象便一目了然了。你在這個能夠隨意發洩慾望的地方，不僅沒有察覺自己擁有的力量，做的事還如此**小家子氣**。明明不會喝酒，卻裝成國王舉酒作樂，都把現實中看不順眼的女生當成奴隸了，竟然只讓她們把裙子弄短、露出內褲而已——這裡可是你能夠隨意擺弄的世界，是不論你怎麼發洩慾望，都不會有人產生意見的自由之地啊？我還以為你會把看上眼的女性都強姦一遍，甚至是把她們的腸子掏出來，把頭砍了排在桌上啜飲鮮血。沒想到你的所作所為竟然如此可愛，你說是吧？」

「……你是在耍我嗎？」

「正好相反，我還挺喜歡你的。」

我不相信他這句話。

竟敢瞧不起我。

好啊，我這就讓你見識一下。

「——唔？」

庸醫發出了驚訝的叫聲。

會驚訝也很正常，因為我在他眼前急速改變了自己的身形。

簡單來說，就是變得又巨又肥。我的骨骼迅速成長，肌肉隆起，肌膚染上了黑暗般的色彩，表皮還覆蓋了有如鎧甲的鱗片。

「是龍（Dragon）啊。」

庸醫抬頭看我說。

沒錯，現在的我具備敏捷和力量，能夠飛天噴火，成了猙獰至極、名副其實的怪物。

那庸醫說我逐漸產生抗性，實際上不止如此。每次在夢裡被驅逐、復活之後，我就感到自己的力量日益強大。只要有心，這點小事隨時都能做到，誰叫他竟敢看扁我。

這才叫做真真正正的觸碰逆鱗。

現在我們立場扭轉過來了。

「好了，該如何處置你呢。」

我說。

龍的聲帶發出厚重低沉的聲音，響徹周遭。

「要用火焰把你烤熟，用爪子把你撕裂，還是乾脆直接把你吞下肚，給你選擇喜歡的死法。」

「哦，好可怕。我說明過好幾次了，這裡是另一個現實世界。姑且不論你這個夢境的主人，不請自來的我要是被殺死，肯定會出大事，而現實世界的我也會連帶受到傷害──不，現實中的我八成會因心臟麻痺之類的東西而死吧。」

「那你還不向我求饒？還是說你打算跟現在的我一戰？雖然不知道你是什麼人，不過現在我能夠理解，你十分強大，然而現在的我，可是比你還要強喔？」

「嗯，求饒，或是反抗而戰──這兩個選項實在難以抉擇，我想提出第三個選項。」

「怎麼？你是想夾著尾巴逃跑嗎？」

「不。」

庸醫搖頭道。

「你想不想要戀人？」

……

…………

………………

「咦？什麼？你在說什麼？」

「就是字面上的意思。」

庸醫以變聲器般令人不快的聲音說道。

估計他假面底下的臉正在竊笑吧。

「我問你想不想要戀人，不是在夢境，而是現實世界裡。你想不想在那個被你認定是垃圾，無趣又無可救藥的世界裡，有一個活生生的女人能夠和你打情罵俏？」

這問題令我不禁發愣。

這傢伙到底在說什麼？

「你可別想說自己不想要啊，要不然你也不會每天晚上做這種美夢。我再問一遍，你想不想要？一個貌美可愛，胸部大身材又好，而且最喜歡你的女人——無論是健康或疾病，都會陪伴在你身邊，你想不想要這麼一個理想的伴侶？我能夠提供給你。」

我不禁想，他是白痴嗎？

然而我卻不禁被他的話所吸引，誰叫我就是這麼傻。

「欸，你是講真的嗎？」

「當然是百分之百認真的。」

「你說戀人，所以她會跟我聊天嗎？」

「會啊。」

「牽手呢？」

「當然行。」

「可不可以接吻？」

「我倒要問你，連接吻都做不到還算是戀人嗎？」

「還有還有，是不是能跟她做色色的事？」

「連色色的事都不給做的戀人，不是比充氣娃娃更糟嗎，那才真的是天方夜譚。不僅能做色色的事，別說是十八禁，就連超出你的想像，可能會被分類成四十禁的事情都可以做。」

「真的假的！那不就是真正的戀人嗎！」

「我從剛才不就一直強調嗎？」

……我發現一件事。

我根本不是當世界敵人的那塊料。

我就是一介平凡的小小市民，而且還挺笨的，儘管不願意面對，但人都會有認清事實的那個瞬間，現在正是那個時候。我輕易被庸醫的甜言蜜語給釣上，誰叫我骨子裡就是個可悲又陰沉的傢伙。

「佐藤治郎。」

庸醫再次對我說。

「假如你願意不再做那些扭曲的夢，放棄想要顛覆世界的危險願望，我就在此承諾，提供你一個戀人。這不是謊言也不是玩笑話，自在到能夠闖進你夢境的我對你掛保證，這是貨真價實的提案。」

此時我才驚覺。

我已經變回原本的自己了。

我的外型依然維持著凶猛強大的龍——然而內在並不一樣。

我佐藤治郎，一名身高一百六十公分，外貌平凡，隨處可見又自我意識過剩的高中生，呆站在原地。在我心中，造成我每晚恣意妄為地做夢，那團漆黑黏稠渾沌的某種東西，在那一瞬間被漂白淨化了。

他說的可是女生耶？

跟班長、辣妹、文藝社員——那些在夢中對我唯命是從的傢伙完全不同。

如果現實中，真能有這麼一個能跟我談天說地、牽手，甚至是接吻的戀人，任誰聽了都會心動吧？會見風轉舵地想「爭執不是什麼好事，只要世上所有人都過得幸福不就好了」也是無可厚非的吧？畢竟都有戀人了，誰還想做壞事。

……事到如今我終於明白，意志力的強弱，等同於夢境世界的力量。這時我心中，那股旁若無人，打算將世間萬物拖下水一同步向末日的攻擊性，已經蕩然無存。

這同時也代表，我打算相信這個庸醫。雖然這個提案實在是離奇，然而他的話語，卻令我感受到他所陳述的都是事實。我在很久之後，才從本人口中得知『心理輔導也是醫生的工作之一』。

簡單來說，我果然是個傻子。

借他的話來講，就是我只是個善人罷了。

「多數有心理問題的青少年，都受到心中強烈的無名怨憤擺布，而他們不知該如何面對這份感情。」

庸醫說道。

他緩緩地靠近我。

「而大多數狀況，那股無名怨憤的起因都是異性問題。雖然這是個平凡又無趣的理由，也無法輕描淡寫帶過，畢竟苦惱不是客觀事實，而是主觀問題。」

我「呼」的嘆口氣說道。

「我喜歡積極點的女生，因為我，並不是那麼主動的人。」

「知道了，我盡量辦到。」

「這話雖然自己說出口有點那個，我生性怕羞，沒有自信能夠主動接吻。」

「沒骨氣的傢伙，雖然我心裡這麼想，不過還算可愛。這點我也盡量滿足你……好了，今晚就此解散吧，畢竟你維持龍的外貌，就算想接吻也做不到。」

庸醫再次靠近我。

他手上的杖，今晚也化作凶器。

「再會了。願你無論是健康或疾病，都能擁有美好的現實。」

他揮下手中凶器。

我連同我的世界，如字面意思被敲成粉碎。

†

隔天早晨。

我一如往常醒來。

只有上半身抬起坐在床上。

陽光和麻雀的啾啾叫聲，從窗戶傳入。

老媽怒吼「你是要睡到什麼時候！」而我只有「哦……」地回覆她，我像牛一般嚼著乾巴巴的吐司，吃完後站在洗臉臺前含住牙刷，茫然地看著鏡中映出的呆滯臉龐。

魂不附體，應該就是指這副模樣吧。

我感覺自己，彷彿是隻被打上岸晒乾的水母。

（總覺得……整個人都呆掉了。）

我在紅燈時過馬路，被貨車司機按了喇叭。

在擠滿人的電車上被人踩了腳，被手肘頂到側腹，整個人好像被丟進果汁機壓榨。

一到學校，制服還被校門的橫桿勾到，害我跌個狗吃屎，好不容易走到教室，坐在自己位置上，班長仍冷眼看待我，辣妹不把我放在眼裡，文藝社員繼續盯著書，不良學生則對我說「你搞什麼，眼神半死不活的，來上學還擺出一副窩囊的模樣，罰你今天去買咖哩麵包跟水果歐蕾。」我聽了只能默默點點頭，這或許稱得上是某種類型的賢者時間。

（女人啊。）

就這麼五畫的兩個字，對幼稚園學生來說是再好寫不過的字，但對現在的我來說，除了這兩個字外，其他事物都只是雜訊罷了。

女人。

女人、女人、女人。

要問我想不想要女人，我當然會說想要啊。

雖然我說過同學都是些滿腦子只想打炮的低能，到頭來，我也只是被歸類在其中的一隻猴子罷了。

即使我再怎麼主張我和其他傢伙不同，就算我在班上是校園種姓制度最底層的雜魚，我終究是個健康的青少年，會想要也很正常吧。不對，是大家絕對都會想要，真的，根本就是想要到飢渴的程度了。

不過啊。

可是啊。

（不不不！我到底在想什麼！）

我將臉埋進書桌猛搔頭髮。

這世上哪有這麼美的事！

那是在夢裡發生的事耶！

另一個現實？我的夢會影響世界？

別想那種蠢事了，那簡直就是痴人說夢，這話說出口，就算被強制送往精神病院也無法有任何怨言。可是我竟然會為自己做的夢抱持著希望，如今回歸現實才為自己的蠢勁感到傻眼。根本是自導自演、自家中毒、自食惡果，要怎麼稱呼不重要，總之就是令人生厭，還有我竟然差點就被他唬弄過去了！

反正我並沒有喪失力量，估計今晚也能隨心所欲地做夢。只是，昨晚和昨晚之前的我，似乎和現在的我有著某種決定性的差異。誰叫我已經承認了，不論在夢裡如何作威作福，我都跟我鄙視的那群猴子沒有分別，我甚至還承認自己是比他們更下賤的垃圾。

我想，我已經無法變回昨天以前的自己了。

借那個角色扮演成瘟疫醫生，在我夢裡胡作非為，還用變聲器發出聲音的庸醫說法，「就算無法完全治好，也得想辦法緩解症狀」就是指這麼一回事吧。

結果他到底是什麼人？

還有他到底打算從哪給我生出一個戀人，我可從沒登錄過交友軟體啊，應該說，這一切不過是在夢裡發生的事，如今再來思考這些，也未免太空虛了。

總覺得一切都變得好麻煩啊……我是不是該找間寺廟出家……或是乾脆點去死算了。

……然而。

就在我抱頭苦思時，教室裡忽然嘈雜起來。

「那人是誰？」

「我也不認識。」

「是不是有點不妙呀？」

同學們議論紛紛，如同猴子對周遭傳遞發生了異常狀況的訊息，可惜我的反應仍像隻被打上岸的水母般遲鈍，即便周圍警戒聲傳入耳中，也進不了大腦。

「轉學生？」

「轉到我們班？」

「天啊，她也太可愛了吧。」

噠噠噠。

腳步聲越來越近。

在這滿是雜訊的教室裡，只有這個步聲特別清晰。

「嗨。」

某人站在我桌前。

我抬起埋進書桌的頭。

不禁大吃一驚。

是一位美女。

她有著豔澤黑髮、光滑肌膚、修長手腳，身材穠纖合度、無可挑剔。

我修正剛才的話，她是一位絕世美女。從短裙露出的大腿無比煽情，而胸部大到即使身穿制服都無從隱藏。

這時我的狀態，還如同被打上岸的水母，即使這麼一個美女站在我眼前，對我露出古老的微笑，我的大腦仍跟豆腐沒兩樣。

而眼前這位絕世美女——

親吻了我。

她的舉動沒有一絲猶豫，彷彿那是稀鬆平常的事。

「……哈？咦？」

「你這態度真叫人難過啊，我可是前來遵守與你的約定呢。」

從她性感的身材完全無法想像，她的聲音如銀鈴般悅耳，還略帶點稚氣，這樣的反差正投我所好。光是聽見她的聲音，鼓膜就好像被挑逗了一般，叫我興奮得直打哆嗦。

這一瞬間，教室裡的景象實在是非常有趣。

時間彷彿被停止住，班長、辣妹、文藝社員都瞪大眼睛直盯著我和黑髮美女，不良學生甚至驚得張大嘴巴，露出看上去蠢到不行的表情。我真後悔這時沒有打開手機，要是把這景象拍成影片，肯定滑稽到不行。

話雖如此，當下表情最蠢的人，肯定是我自己。

「無論是健康或疾病。」

美女用手指輕輕撫著嘴唇說。

「我是醫生，絕對不會放棄治療眼前的疾病。而且我有說過吧？我還挺喜歡你的。」

她如此說著，臉頰還泛上一抹羞澀的嫣紅。

這舉動簡直可愛到犯規，但最重要的是，這時我終於驚覺到，她的臺詞、語氣，雖然音質和夢中聽到的完全不同，不過顯而易見的，眼前站的這個人，這個忽然親吻我的混帳美女是——

「請多指教，佐藤治郎同學，從今天起你就是我的戀人了。」

†

天神由美里。

不講理、不合理、不可能，她都一笑置之。

防範世界危機於未然，如此孤傲且獨一無二的存在。

這是一部以我——佐藤治郎，

將她殺死為結局落幕的故事。

第二話

我曾問過由美里。

「妳是神嗎？」

「怎麼可能。」

她笑著回答。

「我怎麼可能會是神。你想想，這世上有誰會對我這種人祈禱？」

†

這名自稱天神由美里的轉學生，在一天之內就當上了學校的主角。

想也當然，她身上散發出非凡的氣場。

她不僅僅只是個美女，她的舉手投足——漫步在走廊的身影、被細長睫毛所點綴的眼瞳光輝、如珍珠般亮澤的指甲——能夠描述天神由美里這人「非同凡響」的地方，實在多不勝數，光是她經過，空氣中就散發出一股莫名的香氣。人生就如樂透，到底是怎樣的命運，才能讓她抽到此等外貌，反正我只覺得她人生的遊戲規則根本與我們不同，簡直犯規。

而我——佐藤治郎，也在同一時間一躍成為校園的主角。

誰叫我們接吻了。

一名超凡脫俗的美女，轉學過來的當天，甚至還沒在班會上自我介紹，就在眾目睽睽之下，和校園種姓制度最底層的我熱情接吻，就算我不想也會受人矚目。這與其說是升格成主角，更像是被人吊起示眾，實在是有夠麻煩。

「你說的可真過分。」

天神由美里笑說。

「是你自己說不敢主動接吻，我才親過去的。」

「我確實這麼說過沒錯啦。」

但那是在夢裡的事啊。

「說到底的，一般人哪會在那種情況下親過來？那麼做想不引人矚目都難。」

「凡事都是起頭最重要，若是錯過那次機會，誰知道還能不能遵守與你的約定？等待最佳時機只會讓次佳的機會溜走，這道理你應該懂吧？」

我也不是不懂。

她說的確實有道理。

不，不對呀，我想說的才不是這檔事。

「先別提那些了，你的烏龍麵要泡爛囉？」

現在是午休時間，我們在吃午餐。

我縮在學生餐廳角落，拿筷子夾起最便宜的時尚簡約風烏龍麵。

而我在這裡，就表示天神由美里也在。

「趁熱吃比較好喔，你不必在意我，其實我食量很小，不吃午餐對身體比較好，當然有需要時我還是會乖乖吃飯，不用擔心。」

「不，我想說的不是這個。」

「那麼是烏龍麵太燙了嗎？沒關係，你就儘管等它涼了再吃吧。」

「不，我想說的也不是這個。」

我反駁道。

這傢伙絕對是故意的吧，我用不耐煩的眼神看著她說。

「妳的臉，太近了。」

沒錯，太近了。

我和天神由美里的臉，具體距離大約只有二十公分左右。

「太近了？」

「太近了。不論是誰看了都會覺得太近，這不是吃飯時該有的距離。」

「你的慣用手是右手，而我坐在你左側，就物理面而言，應該是不會妨礙你吃東西，不必顧慮我，儘管吃吧。」

「若真希望我吃就勞駕妳幫個小忙，把我們倆的物理距離拉遠。」

不光是臉。

她的身體也靠得超級近。天神由美里坐在我旁邊的座位，還特地把椅子拉近，手撐下巴窺看我的臉。

靠這麼近，天曉得會發生什麼事？不僅肌膚會感受到對方體溫，她每次說話，氣息就會飄到我的鼻頭，聞起來彷彿是花香，又像是甜點，總之那股不可思議的甜味，弄得我神魂顛倒。

「真可愛。」

天神由美里嘴角上揚笑道。

「非常好喔，治郎同學。我的女性魅力似乎讓你感到困惑，害我也有點興奮起來了。很好很好，再多讓我看看你困惑的模樣。」

呵呵呵。

天神由美里眼睛瞇成一線，說出了意味深長的臺詞。

可愛？

妳說我可愛？

這傢伙開什麼玩笑，我才不要被妳耍得團團轉——即使我再怎麼逞強，這一切確實都如她所講的一樣。我自覺臉頰通紅，不由得轉頭背向她，簡直是被她玩弄於股掌之中，跟少女漫畫的女主角沒兩樣，不對，說是色情漫畫裡被硬上的人還比較貼切？總之就是接下來要被人瘋狂色色的那一方。

打從一早，我就處於這樣的狀態。

上課時她將桌子併到我的座位（因為沒有教科書），她甚至根本沒在聽課，一直死盯著我看（距離還超近）。

班上的人，對我和她投注了奇異的眼光——完全是在看異世界人——弄得我如坐針氈。

一到午休時間，我承受不住班上那股令人坐立難安的氛圍，便從教室逃了出去。

『治郎同學，你要去哪？該不會是廁所吧？』

『沒錯，就是去廁所，既然知道就別跟來了。』

『好啊，我陪你去。』

『慢著，妳有在聽我說話嗎？我都說要去廁所了。』

『我跟你都什麼關係了。還是說這世上有法律明文禁止我跟你去廁所？』

『不對啦，一般而言男女才不會一起上廁所。拜託妳看看場合，應該說用常識去思考一下。』

『好了好了，你別這麼說。』

『什麼好了好了，而且妳——』

『好了好了，快點快點，我們走吧。』

『不、慢著！不要把我推向廁所！也不准妳跟我一起進去！』

……她一直都是這個調調。

自始至終我行我素。

毫不顧慮他人眼光。

正因為貫徹這個方針，使得她的存在感更強了。

不論是班長、辣妹，還是不良學生，都不願意靠近她，文藝社員更是連看都不敢看她一眼，最後連老師都一臉『啊，最好別跟這學生扯上關係』的表情，決定視而不見。

我再怎麼不想知道也還是能夠理解，這是屬於「強者」的理論。

構成天神由美里一舉一動的，是與我搭不上邊的「強者那方」的理論。

真是有夠麻煩。

這到底是什麼情況？

我可完全跟不上她的步調啊？

說到底的，只在夢裡登場的傢伙為什麼會出現在現實？她是怎麼認識我的？為什麼挑這麼剛好的時間點轉學過來？而且那個外型詭異的瘟疫醫生，裡頭竟然是個讓人看到眼珠子快飛出來的美女，她還親了我，這可是我的初吻耶，我沒想到第一次會是在那種情境下被奪走。

這感覺就如同被濁流吞噬。我和天神由美里這人所釋放的壓力天差地別，我只能單方面被她牽著走。如果用丟進洗衣機的髒衣服來舉例，我應該跟被洗衣精蹂躪的襯衫和襪子沒太大分別。

「我說妳，做得太過頭了。」

話雖如此，我也無法不做抵抗。

我吸了一口烏龍麵後，瞪向天神由美里說。

「妳今天是轉學第一天耶？就不能考慮一下自己的立場嗎，妳知道什麼叫表面功夫嗎？就連我也多少會在意一下好嗎？雖然我老是罵這世界是垃圾之類的，我還是照樣上學——是說妳看看周圍那些在學生餐廳吃飯的觀眾，所有人看到我們都變得不太對勁對吧？我都能聽到他們在對我們倆指指點點了。」

「嗯，似乎是這樣沒錯。」

「那妳還不在意一下。」

「我又不在意。」

她笑了。

笑得十分爽朗。

那是享受人生每個瞬間的人們才擁有，能無視一切廢話、封殺各種反論的笑容。

「我們無從干涉他人想法，在意了也沒用，他們又不是當面對我們提出抗議，那些稱不上是壞話或是雜音的意見，我沒必要一一理會。」

毫無動搖。

她的聲調十分自然，讓我感受到她內心有著某種無可撼動的堅持。

「我之前就說過了吧？我是自在的。不是我要誇口，我都能夠自由進出你的夢境了，要是因周遭對我議論就亂了陣腳，那不是很奇怪嗎？」

「……是，像妳這麼強大的傢伙過得可真自在啊。」

呿。

我不禁咂嘴。

這傢伙真叫人火大。

這個名叫天神由美里的女人，和我正好相反。

她不像我這種邊緣的人渣，每天過著無聊至極的生活，只能在夢中滿足微不足道的自尊心。任誰看了如此耀眼的她，都會認為她綻放出貨真價實的眩目光彩。

「所以妳到底是什麼人？」

我沒禮貌地拿筷子指著她，提出我最大的疑問。

「老實說，我完全無法理解現在是什麼狀況，快跟我說明好嗎？妳究竟是誰？真的是我夢裡出現的那個人？為什麼會在這？為什麼一見面就對我做那種——為什麼和我接吻？還有，妳幹麼老是纏著我？我一點都不明白，拜託妳快點說明，不然我腦子都快爆炸了。」

「我不是說過很多次了嗎？」

天神由美里笑道。

「我是醫生（Doctor），治療的對象是世界本身，而你——佐藤治郎是世界患上的疾病。所以我才會每天晚上進入你的夢裡，嘗試用外科方式舒緩症狀，令人吃驚的是，你總能夠化解我的治療，於是我就出現在這了。我會以轉學生的身分進入這所學校，全都是為了成為你的戀人——需要我說明為何要成為你的戀人嗎？」

『假如你願意不再做那些扭曲的夢，放棄想要顛覆世界的危險願望。』

『我就在此承諾，提供你一個戀人。』

「……開什麼玩笑。」

我說。

我本想以威嚇的語氣說出，聲音卻變得沙啞，身體還冒出冷汗。

「我也是有自尊的。我就是死，也不可能就這樣答應妳。」

「是嗎？我看你在夢裡還挺興致盎然的呢。」

妳少囉嗦。

對啦，妳說對了啦，我豈止興致盎然，根本就是巴不得答應。

結果出現的卻是像妳這種超高規格的女人，還親了我，我哪有辦法保持冷靜，雖然我不否定自己確實開心到想要小跳步。

可是妳給我聽好了？

我可是以難搞著稱的百分之百青春期男孩，妳這混帳少瞧不起處男了。

「別以為什麼事妳都能稱心如意啊？既然妳如此亂搞，那我也要反抗到底。」

我直接把話說死。

雖然手握七味辣椒粉的瓶子說這種話，也一點都不帥。

「你可真愛說笑。」

天神由美里毫無動搖。

她將臉停在距離我十公分處，對我細語道。

「你對那提案不是興趣滿滿嗎？那時你都化身成凶猛的巨龍，想將我從夢裡排除，最後卻輕易被我說動。當我給出『提供你戀人』的選項時，你的內心便動搖了，甚至還對我提出『喜歡積極點的女生』呢？」

「妳、妳少囉嗦，我那只是——」

「我自認為行動相當積極，實際上也和你接吻了，我胸部大，又是個美女，做為提供給你當戀人的對象，應該是綽綽有餘才對。」

「我哪知道最後會是妳本人冒出來啊！外型詭異的瘟疫醫生變成美少女轉學生出現，弄得我整個混亂了好嗎！」

「呵呵，所以你認同我是美少女啊？真開心。」

「而且天底下哪有這麼美的事！妳絕對有所企圖！雖然我確實心想『能跟這麼可愛的女生交往，其他事都無所謂了』，但這絕對有鬼！肯定是陷阱！妳一定是新興宗教或是直銷派來的，我才不會上當！」

「無妨，懂得懷疑人也是一種美德。」

戳戳。

天神由美里戳著我的臉頰說。

「意思是我們成為了對立關係呢，我要想辦法攻陷你，而你要抵抗我的誘惑——這的確是簡單明瞭。」

「妳少在那自說自話了。先說好，我可還沒放棄夢境世界啊？在夢裡要做什麼都是我的權利，世界生病或毀滅都不干我的事，我想做什麼就做什麼，輪不到妳管！」

「不錯喔，這就是所謂的傲嬌吧。」

「妳說我傲嬌……!?」

這個混蛋竟敢一再耍我。

竟然隨便給別人貼上標籤，但我卻無從反駁她。她說得對，照這狀況下去，我肯定會被她攻陷。實際上，這麼一個美女跟我距離近到只有十公分這種事，估計在我未來人生中都不可能會發生。

這傢伙到底是什麼來頭，又是自在、又是治療世界的醫生，現在還為了當我的戀人轉學過來，這一條條角色設定我聽過好幾次了，卻無法明白她任何一件事情。

妳到底是什麼人？

這麼做究竟有何目的？

「喂。」

有人找我搭話。

那不是眼前的庸醫發出的聲音。

我回頭一看，內心不禁「呃」了一聲。

「治郎你這混帳，你這是什麼意思。」

站在後面的正是不良學生。

就是那個每天使喚我跑腿，晚上被我使喚去跑腿的人。

「我不是說過今天要買咖哩麵包跟水果歐蕾了，你現在是怎樣？還敢在這給我悠哉吃烏龍麵。」

她的馬尾搖曳，眼睛狠瞪著我。

「啊、嗯……」我別開眼神含糊回覆，這傢伙膽子也太大了吧，餐廳裡所有人都只從遠處觀望天神由美里，只有她敢從正面殺過來。轉學生第一次出現在教室時，她明明還嚇得目瞪口呆。

「喂，治郎，還不快去買東西！」

「啊、不，可是我，還在吃烏龍麵……」

「晚點再吃不會嗎，再不快點福利社都要關門了。」

「啊、嗯，可是……」

我瞥向身旁的人。

轉學生靜靜地微笑，看著我們倆。

「妳應該沒意見吧？」

不良學生再次狠瞪。

這次不是瞪我，而是天神由美里。某種意義上來說，不良學生真的是非常厲害的生物，天不怕地不怕的，哪像我，完全不敢正眼瞧這個庸醫一眼，這讓我再次佩服她的膽量。

「妳又是什麼東西，竟敢擅自把我的跑腿帶走。」

不良學生的眼神變得更加犀利。

「別說是道歉了，妳剛轉學過來連打聲招呼都不會嗎？我才不管妳是什麼來頭，這麼搞可是不講道義啊。」

「哼嗯。」由美里說。「意思是妳主張自己擁有佐藤治郎同學的所有權是嗎？」

「我就是這個意思。」

不良學生壓低聲音說道。

天神由美里再次裝腔作勢地「哼嗯」了一聲。

「**比我想的還要早啊**，說不定已經產生了負面影響。」

「……啊嗯？妳在胡說什麼。」

「我自言自語而已。那麼，對於妳的怨言，我的答覆是這樣。」

天神由美里微微一笑。

然後接吻了，對著我。這是繼早上的第二次接吻。

不過這次的吻和早上完全不同。她把舌頭伸進來了，溼亮滑嫩的舌頭，如一隻獨立自主的生物，與我的舌頭交互纏綿，徹底蹂躪我的口中。

這感覺如同腦髓直接**被侵犯**。

我感到視網膜內側無數記憶片段閃過，心臟差點停止跳動。

「不好意思。」

天神由美里終於解放牽著剔透銀絲的唇瓣，接著露出燦爛的笑容，對目瞪口呆的不良學生說。

「他已經是屬於我的了，能拜託妳去找其他人嗎？」

看傻的人不僅僅是不良學生。

在餐廳裡的所有人，尤其是我——佐藤治郎，簡直被嚇得魂不附體。

不不不。

妳等一下。

第一次也就算了，妳怎麼第二次接吻也來這招，這次還是在全校學生面前舌吻。我受不了了，脊背哆嗦不止，就連坐著腰也差點挺不直。說實話，真的興奮過頭了，接吻是如此輕易就能做的事嗎？昨天以前的我，可是得過上幾個月才能有一次機會跟女生說上話耶。

「妳、」

不良學生終於開了口。

只不過她的嘴巴，簡直像隻缺氧的金魚。

「妳、妳妳、妳、這、妳這、」

「我再說一次，佐藤治郎是屬於我的了。如果妳說什麼都要他，就跟我做同樣的事搶回去。」

她斬釘截鐵地說。

那姿態簡直是目中無人。

即便差一點點就成了妄自尊大，她的態度中仍充滿了堅定自信，那才是在生存競爭金字塔頂端的強者所應有的姿態。

「——妳給我記住！」

不良學生丟下了經典的輸家臺詞後掉頭就跑。

兩人分出勝負，不，或許打從一開始就無法構成勝負，我甚至有點同情害羞到耳朵都漲紅的不良學生。

「前途堪憂啊。」

另一方面，天神由美里說。

她的表情彷彿告訴我，她已經把剛才發生的事忘記了。

「治郎同學，這種程度的吻就讓你樂上天的話，之後身體可會撐不住喔？不久的將來，你可是預定要做更厲害的事，我勸你最好趁現在習慣一下刺激，要不這樣，我們要在這再親一次嗎？」

誰要親啊！

我立刻拒絕了她，接著狼吞虎嚥地把泡爛的烏龍麵吃完。

打從一開始就無法構成勝負，就這點來說，我跟不良學生相去不遠。自我們第一次見面，我就被這個自稱『治療世界的醫生』耍得團團轉。

†

關於天神由美里，我只明白一件事。

那就是我，完全不瞭解天神由美里這個人。

「那不是理所當然的嗎？」

她吸著能量果凍飲說。

「我和你才剛認識，加上邂逅方式太過特殊，導致我們幾乎沒有對話，今天還是真正意義上的初次見面，即使是自詡自在的我，在這情況下也無法深入瞭解對方是個怎樣的人。」

放學後。

我們來到離我家有些距離的公園。

午休過後也發生了各種事件（真的是發生了許多事，而且颱風眼都是天神由美里——她和班長起爭執、跟教師對決、意外地和辣妹合得來，還交換了聯絡方式，最叫人吃驚的是文藝社員竟然主動向她攀談，其餘更是多不勝數，在此就先省略），再搞下去我實在是吃不消，一放學就飛也似地逃出學校，直到現在。

我坐在鞦韆上。

不是普通地坐著，而是兩人一起坐。

我坐在木製的鞦韆板上，而天神由美里則坐在我上方。

「……有點重啊。」

「胸部越大，自然會越重嘛。」

她輕描淡寫地回道。

「這算什麼呀，這是青春嗎？我們正在揮灑青春嗎？」

「這當然是在揮灑青春。不光是體重，你還能細細品嘗柔嫩肌膚的溫暖。」

柔嫩肌膚的溫暖。

怎麼聽起來像是大叔會說的話。

「附帶一提在這姿勢下，你的下體若是起了反應我會立刻發現，如果忍耐不住就直說，我會負責處理。」

還處理咧。

妳是要怎麼處理啊。

「那還用說，當然是做什麼什麼呀。莫非你想聽我親口說出來嗎？真是過分的性騷擾。」

性騷擾的是誰啊？

不管怎麼想，被性騷擾的都是我吧？

「不喜歡我就停下喔。」

她轉頭笑說。

「現在我們最需要的，就是積極的溝通，畢竟我們已經是戀人了。」

就是這點。

這點我真的搞不明白。

每晚出現在夢裡，壞我美夢的神祕瘟疫醫生，如今出現在現實，還自稱是我的戀人。

總覺得，我已經被這一連串發生的事嚇到疲憊不堪，反正這狀況對我寒酸的人生而言已經是奇蹟了，默默接受似乎還能過得快樂些。

但是。

只有這點我必須弄得清清楚楚。

這是我最優先必須知道的事。

為什麼要提出和我成為戀人？

這是妥協和算計的結果？或者妳只是心血來潮想玩玩？

「理由很簡單。」

她搖著腳說。

「因為這對我們雙方都是最佳選擇，是雙贏的辦法。你是這個世界的病，而我想要治好你。解決你心中的無名怨憤，正是治療你的捷徑。顯而易見的，你的無名怨憤是對於女性的欲求，因此必須先讓你更加認識女性。」

「那為什麼是由妳本人出現？」

「只有我知道你是世界的疾病，也只有我知道你所蘊藏的力量，而完全掌握你問題的也只有我。最重要的是，我對你很有興趣，我說過了，我還挺喜歡你的。」

「妳根本不知道我的事吧？我們幾乎是初次見面，我還是校園種姓制度最底層的人，即使我不願意承認，但我就是個微不足道的屁孩。」

「我會決定如何評價你，與你的主觀想法無關。」

「這不公平，我對妳根本一無所知。」

我前後搖起鞦韆。

夕陽西下，烏鴉在茜色天空的彼端展翅高飛。身上羽絨外套抵禦著後方吹來的寒風，而另一方面，我的大腿卻熱得悶出汗，理由顯而易見，因為庸醫正坐在我腿上。

「雖說妳也幾乎不瞭解我，可是我們雙方立場差異太大了，最起碼妳能進入我的夢裡，還有辦法偷轉學到我班上。」

「因為我是自在的，另外雖稱不上完全瞭解，可是關於你的事，我還是有一定程度的認知。」

「這不公平。」

「嗯，你說得對。」

「那妳還不想想辦法。」

「我確實有這打算。再怎麼說我們都成為戀人了，公開情報自然是先決條件——話雖如此，我也無法將自己的一切都讓你知道，而且女人就是要神祕點才顯得有魅力。」

「男人也是神祕點才比較有魅力啊。」

「你真可愛啊。」

「妳是在要我嗎？」

「我這是在稱讚你。不過嘛……既然你要求公平，那麼這件事我就先告訴你。」

嘎吱。

嘎吱。

鞦韆的鎖鏈，發出了冷漠無機質的聲響。

公園裡沒有其他人影——應該說，這一帶根本沒人。平時這裡應該多少會有人經過，今天卻除了我們之外沒其他人，顯得有些不自然。

「我之所以決定成為你的戀人，是有我的目的。」

「目的？什麼目的？」

「總有一天我會說，現在還不能講。之所以告訴你這件事，是覺得說明自己有所意圖，你比較能夠接受——我希望你把力量借給我，這是只有你才能做到的事。」

「力量借給你？我？怎麼做？」

「現在還不能說。」

她拋了個媚眼。

還特意用食指抵著嘴脣。

「……這根本不像話。」

如此老套又做作的舉動，卻可愛到給了我致命一擊，說實話我是真的心動了，可惜還是火大心情更勝一籌。

「狀況一點都沒變好嗎，我還是完全不瞭解妳。我又沒有提出多難的要求，我只是要妳告訴我，妳到底是什麼人，還是說妳是做了虧心事才不敢說出口？妳做了什麼必須隱瞞的壞事嗎？」

「沒有祕密的女人，跟成天脫個精光的女人差不多吧？就是因為穿著衣服才會想脫掉，想看看衣服底下，想知道她的本質，你不這麼認為嗎？」

「少給我廢話了，快點說，妳到底是什麼人。」

「我本來就打算要說了，治郎同學，你現在有空嗎？」

「現在？」

都傍晚了耶？

她到底想做什麼。況且我老媽超囉嗦的，要是不快點回家又會被她念。

「與其用嘴巴說明，不如直接讓你看比較快。」

就說了。

是要看什麼？妳到底在說些什麼？

「你能先打電話給你母親嗎？」

不不不。

到底搞什麼？打給她幹麼？

「您好，電話換人接聽了，我叫做天神由美里。」

我真的打了。

庸醫耳朵貼著電話，以活潑的聲調與我老媽對話，而她屁股依然坐在我大腿上。

「我平時受到您家治郎同學關照，其實呢，我和治郎同學正在交往中。是的，正式開始交往。」

不不不不！

等等、妳、幹麼要扯這個!?

要是被老媽知道肯定會變超級麻煩啊！

再說，我們的交往哪裡有什麼「正式」要素存在!?妳根本就是單方面宣布交往，接著不顧我個人意願就親了過來啊!?

「對了，治郎的媽媽，其實今天我有一個請求，能拜託您借我治郎同學一晚嗎？是，這個當然，我會負起責任讓他早上回到家，絕對不會虧待他……您願意借我嗎？感謝您如此通情達理。」

別借啊!?

怎麼想都不該借到早上吧！就沒人問我的意見嗎！要是妳的兒子被神祕女子綁架了怎麼辦!?

「我得到許可了。」

庸醫一臉滿意地將手機還我。

「真是一位明事理的好母親，她爽快地把你借給我了。」

「她只是不負責任好嗎……那個死老太婆，竟敢擅自把我丟給別人。」

「她認定我是個值得信賴的人，同時也相信你這個兒子的本性，光是短短的對話，便足以讓我瞭解你母親的人品。治郎同學，你可真是得天獨厚啊。」

「啊——真是夠了——我知道了啦。所以咧？接下來要做什麼？到早上為止的這段時間，妳到底要幹麼？」

「我想讓你瞭解我這個人。」

「瞭解妳？」

什麼意思？

我確實叫妳解釋關於自己的事情，有需要花這麼長一段時間嗎？在這說一說不就了結了？

……嗯？

慢著喔？

她剛才說過『與其用嘴巴說明，不如直接讓你看比較快』。

而且照她的說法，我們已經正式成為戀人了，所以我才會跟這女人一起遢鞦韆，她屁股還直貼著我的胯部。

時間快要入夜了。

她還特地借我到早上？

……

…………

…………

咦!?

難、難道是!?

「治郎同學，你好色喔。」

呵呵呵。

庸醫笑到肩膀顫抖。

「還有你果然很可愛，心裡想什麼全都寫在臉上了。」

喂，妳這是什麼反應？

照至今為止的狀況來看，哪還有其他可能性。妳這傢伙可是初次見面就親了我，第二次接吻就直接喇舌了耶。

「嗯嗯，你說得對，照狀況來看，的確是會變那樣。我現在非常清楚原來你是用這種眼光看我，換言之你確實很色，真是的，想不到你會是這種色胚。」

「我才不想被妳說色……不然是怎樣？不是要做那檔事，那究竟是要幹麼？到底是做什麼得從現在弄到早上？」

「夜間旅遊。」

嘎吱、嘎吱。

天神由美里雙腳施力。

每當她使力，鞦韆擺盪的速度便越來越快。

「根據地區不同，也有可能會是出太陽的時段，不過就你的主觀來說，都是夜晚發生的事，我們今晚要來場豪華旅遊（Great journey）。」

「完全聽不懂妳在講什麼。妳是打算離開這個鎮上？還是去夜店徹夜跳舞？拜託妳饒了我吧，我怎麼可能會喜歡那種現充嗨咖們會喜歡的玩意。」

「來場那類的約會似乎也不錯，可惜今天是去做其他事。」

嘎吱、嘎吱、嘎吱。

鞦韆速度再次提升。

我的不耐煩也達到頂點。

我到現在還是不懂，被天神由美里這個濁流吞噬的自己，究竟要做什麼？就這麼隨波逐流真的好嗎？

嘎吱、嘎吱、嘎吱。

嘎吱、嘎吱、嘎吱。

鞦韆速度變得更快。

……喂喂。

這是幹麼。盪鞦韆需要這麼認真嗎？

這完全超出兩人一起盪鞦韆的速度了啊？是說好可怕！我甚至聽到颼颼的風聲了!?欸，她是打算就這麼跳躍來刷新鞦韆跳遠的世界紀錄嗎!?

天神由美里的真實身分，其實是鞦韆競技的世界級選手嗎!?

不不不，怎麼可能有如此愚蠢的事──

「好了，我們出發吧。」

我的右手緊握住鞦韆鎖鏈。

天神由美里抓住那隻手，高高跳起。

不，我們飛了起來。

我以為她藉助鞦韆的勢頭高高跳起——**然而並非如此**。

我們似是長出翅膀一般，又或是體重消失了。

她帶著我飛向天空，

以快到難以置信的速度，

飛得又高又遠。

「這？欸？……蛤？」

轉眼間，我們已遠離地面的景色。

平時司空見慣的街道，成了縮小的立體模型，亮起燈光的住家、公寓、辦公大樓的街景，彷彿是從桶中撒出的彈珠，最終化為滿天繁星。

我身在高空。

天神由美里牽著我的手，帶我擺脫了重力的枷鎖。

「緊緊握住我的手，小心別咬到舌頭。」

「……不，慢著，先等等，這是怎麼，現在什麼情況？發生什麼事了？」

「治郎同學，你就陪陪我吧，我們要稍微來趟旅遊。沒什麼大不了的，這對我來說就是日常巡邏，沒事的，我會保證你的人身安全，不論發生什麼，我都會全力保護你，你就放心吧。」

「……我們，飛在天空？」

「是啊。」

「……這是夢？」

「是現實。」

庸醫對我拋了個媚眼。

我現在才發現，這女人超級適合這類做作的小動作。

「坐而言不如起而行，百聞不如一見。如果想要瞭解我，實際讓你看一遍還比較快——我們出發了。」

「咻」的一聲。

又或者說，「轟」的一聲。

景色開始搖曳。

眼前黃昏，以微中子從外太空經過地球般的速度，瞬間轉化為夜景。這已經不是時速一兩百的等級了，天神由美里的飛行速度，鐵定超越了音速，也絕對超越世上的任何交通工具。

†

我們的徹夜旅程（Night tour）就此展開。

香港。

天神由美里的目標，是潛藏在摩天大樓陰影處，犯下無數誘拐和強暴案件的殺人魔。

就在殺人魔即將犯罪的那個瞬間，天神由美里飛到了他和險些遇害的女性之間，一腳把殺人魔踹飛後綁住，她將殺人魔丟到警察局門口後，再次飛往高空。

胡志明市。

天神由美里降落在人口販賣組織的根據地。

她一著地便開始戰鬥，黑幫分子們還來不及理解發生什麼事，就全部被她撂倒，再也無力反抗，接著她將差點成為商品的人們解放。

賈拉拉巴德。

政府軍和反政府武裝組織，於阿富汗東部的山區交火。天神由美里飛到兩軍正中間，穿梭在槍林彈雨下奮戰，並將雙方陣營所有的槍械折成廢鐵。

約翰尼斯堡。

天神由美里降落於反政府示威演變成暴動的現場。她將暴徒手持的火焰瓶和鐵棒奪走，撲滅了廢輪胎上熊熊燃燒的火焰，以類似閃光彈的神祕招式防止暴民掠奪超市，還用拳頭修理了打算用實彈鎮暴的維安部隊。

除此之外還有。

反正我無法細細描述，就大概帶過。

阿爾利特，位於尼日共和國北部的沙漠地帶，天神由美里在那救出了被恐怖分子綁架的數十位市民。

焦夫省，葉門北部的內戰地區。戰鬥機對老百姓居住的建築發射飛彈，天神由美里在空中把那枚飛彈踢飛了。

巴格達，位於伊拉克中部。一臺塞滿炸藥的卡車打算撞進軍方屯駐地，她將卡車輪胎弄爆後，以鐵拳教訓了駕駛卡車的年輕人。

布加勒斯特，她在羅馬尼亞南部森林地區與吸血鬼大戰，一場激戰後，被吸血鬼逃走了，天神由美里苦笑說：「最後大意了。」

羅馬，梵蒂岡附近。她在石磚小巷內與被惡魔附身的主教對決，最後擊倒對手取勝。天神由美里讚嘆「那個主教召喚的地獄看門狗還挺強的」，我光是忍住別漏尿就夠折騰了，才沒心管那些。

愛丁堡，蘇格蘭東南部丘陵地帶。天神由美里闖進某個暗殺教團進行獻祭的儀式現場，她將施放符文魔術的親衛隊一一撂倒，救出了被當祭品的少年，而教團本部也被她摧毀。

亞利桑那州，鳳凰城近郊。天神由美里在高達數萬公尺的上空，碰上了不明飛行物。她降落在非金屬亦非橡膠的神祕材質所打造的宇宙船上，敲了敲船體，嘗試與對方溝通。沒一會，她便離開船體，而不明飛行物靜悄悄地飛起，一溜煙地消失在遙遠的天空。

†

我們就這麼搞到早上。

徹夜旅程到此告一段落，當我們回到一開始待的公園時，東方天空已散發出燦爛晨光。我心想，正好和出發前相反，當時是西方天空染上一片茜色。

「如何？」

她從鞦韆和我身上下來說。

「你瞭解我是什麼人了嗎？」

「…………」

我徹底驚呆了，甚至呆到無法回答天神由美里的提問。

我們飛了半天的時間。

我猜想，這大概是最緊湊的環遊世界之旅。

儘管她打算讓我認清現實，我卻難以置信。

我問道。

「我是做了一場夢嗎？」

「是現實喔，治郎同學，你甚至沒有打瞌睡。」

「我想也是。」

我再次陷入沉默——

天神由美里蹲下來，笑呵呵地面對我。

「……不，這不對勁吧。」

「怎麼說？」

「如果『那些』都是現實的話，肯定會在新聞上播映啊，甚至引發軒然大波也不奇怪。」

「不會喔，因為**那些事都被處理好了**。」

「我怎麼只記得發生了一堆重大事件？」

「發生了啊，今天還特別多，正好能證明給你看。」

「而且其中某些事，甚至能將世界史整個改寫吧。」

「是啊，世界所抱持的疾病，往往是在無人察覺的地方出現病症。」

「…………」

我開始思考。

重新回想起剛才體驗的那些誇張記憶。

黑幫跟恐怖組織也就算了，不，那些也夠誇張了，但起碼還在能夠理解的範疇，可是吸血鬼是怎樣？惡魔附身、暗殺教團、不明飛行物，那些也太扯了，要破壞世界觀也該有個限度。

……不。

實際上，那些對現在的我而言根本無所謂。

我所看到的，深深刻在記憶裡的，究竟是現實、夢境還是幻覺，那些都先擺一邊。

重點是天神由美里。

她是自由自在的。

她是完美無缺的。

天神由美里飛到世界各地，在我眼前大展身手。

我甚至覺得，沒有她做不到的事。

我問了她。

「妳是神嗎？」

「怎麼可能。」

她笑著回答。

「我怎麼可能會是神。你想想，這世上有誰會對我這種人祈禱？」

她不是神。

難道是惡魔或妖怪化作人形？

「若你問我是不是普通的人類，那我只能說不是。」

我也那麼認為。

「我知道那些事會發生。或者該說，我能看到……在世界各地發生的大小危機，因此能夠先行應對。所以我才將自己定義為醫生，而治療的主要是這個世界。只要是為了治療這個世界，我什麼都願意做，也能出現在任何地方，哪怕是某人的夢裡。」

「…………」

「佐藤治郎同學，你是這個世界的疾病，同時你也擁有力量，還是終有一天足以毀滅這個世界的力量。我必須治療你，就算做不到也得緩解症狀。」

……這樣啊。

原來如此，我懂了。

此時，我驟然領悟了。

點與點終於連成線。天神由美里出現在我面前、說要成為我的戀人、特地轉校過來、在眾人面前大大方方地與我接吻——以及帶我參加「徹夜旅程」，親眼目睹她的「工作」。

一切都是有理由的。

我現在終於明白，原來，是這麼一回事啊。

「我明白了，我終於明白了，天神由美里。」

「叫我由美里就好……你明白什麼？」

「全部，我之所以覺醒了這個奇妙的力量、妳為何出現在我面前、妳帶我飛遍全世界，做那些英雄會做的事給我看——全部，我都明白了。原來，是這麼一回事啊。」

「說我是英雄實在是承受不起啊。我只是正好有那樣的能力，才去做那些自己做得到的事，頂多算是一種義工吧。」

「這麼辛苦，妳肯定很難熬吧。」

我從鞦韆上站起。

俯視著蹲著的天神由美里說。

「看起來，妳是獨自一人在做這些工作，沒錯吧？」

「是啊，這我無可否定。」

「這些重擔壓在一個人身上實在太沉重了。要飛遍世界，跟黑幫和犯罪組織，甚至是非人類的傢伙交手——」

這實在太殘酷了。

我不清楚由美里是何時覺醒這份力量，也不知道她是何時開始這樣的工作，但肯定不是一兩天的事了。

天神由美里。

她只憑一個人，面對全世界的敵人戰鬥著。

豈有此理，這種事實在太荒謬了，雖說我對她的認識不多，但她只是個跟我年齡相近的女生啊。

「我——佐藤治郎存在的理由。我之所以活在這個垃圾般的世界，過著枯燥乏味的生活，只能在內心宣洩不滿，即使如此還是活到今天的理由。我終於懂了。我一定是為了今天而活的。」

我伸出手。

雖然有點害臊，可現在不是在乎那些小事的時候。

她——天神由美里，肯定是想要一個擁有同樣能力的夥伴。

「我的力量將為妳而用。由美里，妳放心吧，妳已經不再是一個人了。」

嗯。

看來不是有點，而是叫人非常害臊。

但我說出口了。我搔著鼻頭遮羞，清清楚楚地傳達給她。

「我會幫妳，我會成為妳的力量。妳需要一個搭檔，沒錯吧？」

我表明決心。

天神由美里說。

「不，我不需要啊？」

……

…………

……………

「欸？等等，妳開玩笑的吧？」

我徹底慌了。

我想任誰都會慌張，不該是這樣吧？

「等等，認真說，照剛才一連串的流程，只有這種可能吧？『我們倆結合彼此的力量，一起為拯救世界戰鬥吧』，妳難道不是這個意思嗎？」

「嗯，並不是。」

由美里搖頭道。

「你願意幫忙我當然是非常感激，不過那只針對治療你這個病。治療世界的疾病，到底是我自己的工作，我並不是希望你來幫我做這些。」

「欸？欸？那妳幹麼給我看妳的工作？」

「不這麼做你也不可能會承認啊？要是你不願意承認我是個怎樣的人，肯定會堅持己見吧？與其用說明的，不如親眼看過還比較快，百聞不如一見，我不是解釋過了？」

對啦，妳說過。

妳確實說過。

「對我而言，治郎同學完全是個特殊案例，畢竟你那侵蝕世界的夢之力，是我從未見過的病症，說實話我也只能暗中摸索。就是因為無論如何都必須要處理你，卻又怎樣做都治不好，我才會對你說明前因後果，而今晚的旅程也是其中一環。」

「…………」

我呆在原地。

咦咦咦……？真的假的……？

慢著，我未免太丟臉了吧。

我徹底會錯意了不是嗎？我剛才還一本正經地說什麼「妳需要一個搭檔」耶？所以我心想「我也能成為英雄」只是個天大的誤會？完了，這個真的太丟臉了，好想死，我還是馬上去死吧。

「你放心吧。」

正當我後悔剛才說出口的話時，由美里滿不在乎地說。

「我有其他希望治郎同學做的事，需要藉助你的力量這點依然沒變，能拜託你嗎？」

我說妳喔。

我會幫啦，幫是會幫啦。

可是該怎麼說，拜託妳殺了我行不行。我想這大概是我人生第一次也是最後一次，丟臉丟到滿面通紅，真的是丟臉丟到快要死了，雖說我還是會幫妳啦，就像是打完仗，輸家聽贏家的話是天經地義那樣。

所以咧？

妳到底是要我做什麼？

「治郎同學，你被班上的不良學生使喚去跑腿對吧？」

幹麼扯這個？

雖然我被叫去跑腿是事實。

「在你夢裡報復對象的四人中，就屬她的個性最好懂。就是那個光是見到我和你接吻，就嚇到嘴巴張得合不攏，後來在學生餐廳纏上我們，卻立刻打退堂鼓的人。」

啊——妳說她啊。

雖然她還是一樣叫人火大，多虧由美里出現，該說她存在感相對變弱嗎，讓我幾乎忘記她的存在了。針對由美里突然就親了我兩次這點，我還是有不少怨言，不過看到那不良學生嚇傻的反應，的確令我十分痛快。

「其他三個人也是。那三個在現實中單方面對你產生敵意、刻意冷落你，在夢裡被你當成奴隸的女生。『正經八百的班長』、『嗨咖辣妹』、『內向的文藝社員』。」

啊啊。

對對，確實有這些人。我也差點忘記她們了。

那幾個是我們班上特別可愛的女生。她們外貌出眾，在校內也經常被當話題，而且對我這人完全沒有興趣，就我來看，簡直就是天上的存在。

「我就開門見山地說了。」

由美里微笑說道。

「佐藤治郎同學，請你賭上自己的一切攻陷她們，把她們四人追到手。」

第三話

冷豔系班長——冰川碧

自由奔放系辣妹——祥雲院依子

小動物系文藝社員——星野美羽

落伍系不良學生——喜多村透

這幾個是我——佐藤治郎每晚在夢中任意操控的同學。

她們在學校被分類為校園種姓制度中的上流階級，也就是一般人高不可攀的對象。

「把她們四人追到手。」

突然出現在我面前的神祕女性——天神由美里笑著說。
「佐藤治郎同學，請你賭上自己的一切攻陷她們。」

†

「簡直莫名其妙。」
我說出口。
「為什麼會得出這樣的結論？我們剛才談的到底算什麼？」
我們經歷了徹夜旅程。
天神由美里說：「如果想要瞭解我，實際讓你看一遍還比較快。」然後就帶著我環遊世界一周。
我還以為她肯定是希望我把力量借給她。
由我來幫助由美里——這個自稱「治療世界的醫生」，實際上也確實在守護世界的人，而我也能成為守護世界的英雄。
任誰都會這麼想吧？

現在回想起來，剛才的一連串流程，照一般而言，還是得出這樣的結論比較自然。

結果由美里卻要我「去把她們追到手」。

還偏偏是我們學校最難追的那四個女生。

「你不是本來就希望任意擺布她們嗎？」

由美里滿不在乎地說。

「所以你才會把那四個高不可攀的女生，帶入自己夢裡不是嗎？夢是不會說謊的，在治郎同學的認知裡，是將她們四人看作是高不可攀的對象，也就是想追卻追不到的女生，不過可以的話，卻又想把她們納為己有。你可別想掩飾自己的想法喔？對我和你而言，夢境就是最好的物證。」

「這個嘛，是沒錯啦……」

順便一提，現在這個當下，我們正在夢裡。

我每晚都能夢見，能夠隨心所欲，只屬於我自己的封閉世界（雖然這陣子一點都不封閉就是了，天神由美里今天也大大方方地闖了進來），我和由美里在此對談。

我呈現國王的模樣，而由美里則是瘟疫醫生的姿態。

換個方向來說，我的夢說不定比社群軟體還要方便，最適合拿來談不想被人聽到的祕密話題。那隱密性之高，就算是頂尖科技也無法相提並論，缺點就是即時性有夠低。

另外，現在這個時間，是徹夜旅程結束那天的晚上。熬了整夜的我，課堂上不停打瞌睡，加上發生了那麼多事，我也需要時間整理心情。

「我倒想問。」

我說。

只有這點，我忍不住全力吐槽。

「我說妳，妳不是我的戀人嗎？」

「我當然是你的戀人，我和治郎同學可是正式交往，我們的關係就連你母親都公認了。」

「關於這點我雖然有各種怨言——妳現在竟然叫我這個戀人『去追其他女生』？這不太對勁吧？」

「哪裡不對勁了。」

由美里聳肩說。

她現在呈現瘟疫醫生的姿態，根本看不出她的表情。

「這世上多的是能夠擁有複數伴侶的制度不是嗎？情人、側室、炮友，稱呼並不重要，重點是能締結伴侶關係的對象不限於一人。根據個人的性質與能力，能使伴侶關係產生千變萬化，我沒說錯吧？」

「話是這麼說，但妳講的是一般論點。妳所說的這些，能夠套用在我們身上嗎？所以妳這傢伙，是擁有這類價值觀的人喔？」

「哦——？」

由美里撫著我的下巴。

現在她戴著面具，我無法實際看見，可是我完全能想像她露出如貓般壞心眼的表情。

「所以你是嫉妒了？是這個意思嗎？你是不是懷疑，我的心根本不在你身上？」

「蛤？妳在胡扯什麼。」

「你可別想裝蒜喔，應該說裝蒜這行為本身，都會如實呈現在你的心理狀態上。」

「就說了，妳在講什麼我全都聽不懂啊——？」

「我明白了，原來治郎同學是希望被我所束縛啊。『我才不希望治郎同學看其他女生，你只准看我一個人，我最喜歡治郎同學了，我愛你，快點抱抱我。』你是想被我這麼管束呀。」

「簡直莫名其妙，妳腦子壞掉了嗎？」

我推開她。

由美里卻吃吃地笑著。

「治郎同學，你真的是很可愛呢。」

「…………」

妳說什麼——!?

我整個火大起來。

不吭聲妳就把我當白痴耍啊！雖然都被妳說中我根本無從反駁！

對啦，確實就如妳所說的一樣啦。

將我心中想法因數分解之後，就成了這女人所說的結果啦！我有什麼辦法！誰叫我是個沒女人緣的陰沉處男!?像我這種個性扭曲的傢伙，本來就純真又容易受傷啊！這種事自有史以來就從沒變過！又不是我的錯！有錯的是把我變成這模樣的世界！我果然還是把這世界毀掉算了！

「要我立刻在這裡證明給你看嗎？」

由美里對啞口無言、咬牙切齒的我說。

「如果有需要，我能用行動來證明我是你的戀人喔？真要說的話，我自認已經證明過好幾次了，不過若是你要求，要我證明多少次都行。」

她以近在咫尺的距離說。

身穿國王裝扮的我，坐在我於夢中創造的城堡王座，而瘟疫醫生造型的由美里坐在我的膝蓋上，就和邋鞦韆時相同。這個庸醫……該不會未來她都會以這姿勢，當作是我們相處時的基本狀態吧。

還有，現在我的夢境王國裡，只有我和由美里，畢竟現在這情況，我實在無心舉辦晚宴。這對由美里的目的——「限制佐藤治郎所做的扭曲夢境，阻止世界步向滅亡」來說，應該是理想結果吧。

「最快果然還是接吻吧?」

由美里對我細語。

就在我耳邊,有如墮天使的誘惑。

「光是在餐廳的接吻,就讓治郎同學腰都打不直了,這次要不要嘗試比那個更厲害的事?還是說光雙脣交合已經無法滿足你了?是也沒關係喔,就照你想做的去做吧。就算是做比你在夢裡做的猥褻行為,還要誇張上數倍,甚至會被限制播出的那種事情也行,只要是你希望,什麼我都願意做。」

「……哼。」

我用鼻子發出不屑的聲音。

接著手指向她說。

「不好意思啊庸醫,不論妳怎麼勾引我,都對我不管用。」

「為什麼?」

「妳也不照照鏡子看自己現在什麼德行!」

我吐槽道。

「妳現在這瘟疫醫生的模樣是有個屁魅力!被妳這種打扮詭異的女人勾引

會心動才有鬼！妳還好意思問為什麼！用常識想想好嗎！」

「哼姆。」

由美里用手指捻起覆蓋全身的斗篷，嘆了一口氣。

雖然是在夢裡，她的舉止卻莫名真實。

「會穿成這樣也沒辦法啊，畢竟這裡是治郎的夢中。」

「為什麼在我夢中就得穿成這樣？」

「因為我是勉強進來的。」

「勉強？什麼意思？」

「正如你所知，這裡是佐藤治郎所獨占的個人領域，本來未經過你的許可，是不可能入侵的。」

這……說得也對。

話雖如此，我也不太瞭解這個夢境世界。

「舉個例子來說好了，你想像一下太空人從宇宙回到地球。他們得從距離數百公里的高空突破平流層，才能夠回到地球。突破平流層的速度是二十馬赫，如果不是坐太空梭，他們肯定會被摩擦熱燒成灰。」

嗯。

這我倒是有聽說過。

所以妳是這個意思嗎？瘟疫醫生的穿著就等於太空梭是吧？

天神由美里是被這全身被斗篷覆蓋，戴著詭異面具的打扮所保護？因為「佐藤治郎的夢境世界」就是如此危險？

「你真敏銳啊，正是如此。夢境世界就是精神世界，不做防護潛入他人的精神世界，與自殺無異。」

「簡單來說，這就是套防護衣。就跟衝進火場跟潛入海底這些特殊場所一樣，必須穿上消防衣或潛水衣，才能保護自身安全是吧，這樣講我就懂了。」

「真不錯的比喻，治郎同學還挺有文才的。」

「少說蠢話了。」

誰有什麼鬼文才。

不過說起來，我勉強算隸屬於文藝社，雖然是幽靈社員。

「而夢境世界也是意志的世界，我會呈現出瘟疫醫生的模樣，是因為我自認是治療世界的醫生，這也象徵著我的覺悟，覺悟也就是意志之力。我再重申一遍，這類精神世界在處理上必須十分謹慎，至於連個屁魅力都沒有這點，你就睜一隻眼閉一隻眼吧。」

「是喔——」

我本能察覺到這是個好機會。

這裡是我自己創造出來，為了我而存在的世界。

就算是能在世界各地飛來飛去，不斷進行除錯作業的天神由美里，也無法在這裡恣意妄為。

「什麼嘛，結果妳根本沒什麼了不起的。」

「嗯？」

「我又沒說錯。妳口口聲聲說『我是自在的』，還扯什麼覺悟象徵，說這麼好聽，到頭來妳根本是被強制穿上那麼矬的服裝，才能夠進到我的夢裡。」

「哎呀哎呀，這是在挑釁我嗎？」

她的說話語調變了。

我猜由美里眼睛正瞇成一線瞪我。

我大概能想像出她面具下的表情，被我這柔弱的兔子挫了銳氣，她肯定感到忿忿不平。

我自知這麼做是故意去踩老虎尾巴。

不過就這麼被她玩弄，我才心有不甘呢。現實也就算了，這裡可是我的夢境世界，況且我和她還沒分出高下。之前發生了太多事，我才完全忘記，這裡是任我自由操控的世界，況且我可還沒使出全力。

「確實就治郎同學的立場，是有資格這麼對我挑釁，雖說純限於夢境世界，但你的力量還是未知數，而我被迫穿上瘟疫醫生的裝扮也是事實。」

哼哼。

我就說吧。

知道厲害了吧，在這我不僅僅是國王，還是上帝。

妳應該尊敬、畏懼我，甚至下跪獻上忠誠，我才不是妳能隨便坐在膝蓋上的存在。

「不過你的態度，和現實世界真是大相逕庭呢，在學校裡的你，簡直就如同在暴風雨裡縮成一團的小鳥一樣。」

少囉嗦。

妳哪會懂，這就是所謂的處世之道，像我這種人就應該默默在夾縫中求生存。

「治郎同學就是所謂的『在家一條龍，在外一條蟲』呢。」

隨妳怎麼說。

我才不會著妳的道。

「還真是可愛。」

「妳說什麼!?」

還是中招了。

「糟糕。」

由美里輕快地從我膝蓋上下來，這傢伙逃得可真快。

「真可怕，這裡是屬於治郎同學的世界，還是別輕易刺激你好了。」

「妳這渾蛋說什麼鬼話，妳想要現在比個輸贏我也奉陪。」

「嗯，你在夢裡的氣勢就跟小混混一樣強呢，你果然很可愛。」

「妳還敢講。」

「這是我的真心話，你個性扭曲卻十分單純，而且還不會讓人感到不快，真是不可思議。我甚至覺得這已經算一種才能了，為什麼治郎同學會甘願窩在人生的最底層，我實在難以理解。」

要妳管。

我的人生也是經歷過很多事好嗎！

雖然我不覺得妳這種人會懂。

「總之你的任務依舊不變。」

由美里說道。

瘟疫醫生拿起手中簡陋的手杖指著我。

「冰川碧、祥雲院依子、星野美羽、喜多村透。請用上你一切智慧與能耐，將她們四人追到手。」

「不，我聽不懂妳在扯什麼。」

終於回歸正題了。

我說真的，為什麼事情會演變成這樣？

「理由很簡單，這就是從危機中拯救世界的辦法。」

「妳是說我的無名怨憤總有一天會毀滅世界是吧？」

「對，就是這樣。」

「那為什麼我必須將世界從危機中拯救出來？我才不管什麼世界，我好不容易才得到這個如樂透大獎的有趣力量，我要隨心所欲地過活。」

「真是傷腦筋，我們既然身為戀人，不就應該健康或疾病時都要共患難嗎？」

「那些都是妳自說自話好嗎？」

「我們還有過那麼厲害的吻。」

「那也是妳自己親過來的。」

「我都準備好，隨時能跟你做更厲害的事了呢。」

「哈，那又怎樣？就說了妳用這身詭異的醫生打扮勾引我也沒用。」

「你在夢裡是很有氣勢，不過這又能持續到什麼時候？別怪我多嘴，一到早上，你還是得變回原本的自己喔？」

「……要、要妳管。起碼反過來說，現在的我就是國王，我才不聽妳的廢話。」

「你可真頑固。」

由美里笑說。

「算了，先耍你耍到這邊，我就稍微認真點說服你吧，畢竟想說服人，最後還是得誘之以利。我認為這提案，對治郎同學也是有利益的。」

「利益？妳倒是說說對我能有什麼利益。」

「我先向你確認一下，你是希望好好『教訓』她們對吧？你想在夢境世界，讓那些現實中冷漠待你的女孩子們屈服，讓她們知道你的厲害，一吐心中怨氣。這麼解釋應該沒錯吧？」

對啦，就是這樣。

我的確是為了這樣的動機，才好好地「教訓」了那四個人。

氣度這麼狹小真是不好意思喔，誰叫那幾個傢伙實在讓人火大，在夢裡讓她們徹底服從，確實是一大樂事。

「那麼事情就簡單多了。」

由美里再次露出微笑。

她接著說了下去，她的聲音充滿自信以及肯定，以及任誰都不得不認可的傲慢，十分符合她自詡為「自在」的形象。

「我說治郎同學，在夢境世界裡所做的事——只有在夢境世界中才能實現的妄想，若是能在現實中做到，那不是更加痛快嗎？」

†

第二天。

由美里沒來上學。

這轉學生未免太不認真了。

一般而言所謂的轉學生，不都應該會努力嘗試融入學校、跟同學打好關係嗎？

算了，說到底的我也懷疑，對她而言是否有必要上學。一個自在到不像個人，又能橫跨世界大展拳腳的傢伙，哪有空上什麼學。

不過天神由美里這個人，真的是充滿謎團。

我如今還是不明白這女人的來歷。

她在哪出生，又是在哪長大的？

有敵人嗎？有同伴嗎？

親人呢？兄弟呢？朋友呢？

喜歡什麼音樂？喜歡什麼食物？

我全都不知道。

真的是一問三不知。

我所知道的就只有她的名字，以及身材跟臉蛋完美到嚇人，動不動就拉近距離互動或調侃人，跟她的自在——也就是常人不可能擁有的異能。

說起來，我和她原本是處於對立。

這莫名其妙的傢伙，單方面妨礙我做夢，和我根本有不共戴天之仇。

接著她又跳過所有的正常前提，和我成為戀人關係。

想想也真好笑，沒想到會被捲入如此奇妙的狀況，還跟這樣的傢伙成為戀人。

好了。

如今天神由美里沒來上學，害得我在班上渾身不自在。

也沒辦法，現在佐藤治郎在班上的立場，是「被神祕美少女轉學生熱烈喜歡上的傢伙」，少了由美里這個附屬品，我就只是個不起眼的邊緣人。

不，說不定立場比之前還糟。

之前我只要靜靜在教室裡當空氣就好，如今可做不到。班會前的這段時間，全班同學的視線都扎在我身上。

他們肯定有一堆話想來問我。

『天神由美里到底是什麼人？』

『你們真的在交往嗎？』

我猜不外乎是問這類八卦。

畢竟由美里那傢伙，目前對我以外的人完全沒興趣，不論是誰找她攀談，都會被她隨便打發掉。而那幫傢伙也不知如何向我開口，所以現在這狀況我倒是樂得輕鬆，反正就算問我，我也無法給他們滿意的答覆。

而且現在這時間，班長、辣妹、文藝社員都不在教室。

氣氛十分尷尬。

同學們都極力表現得一如往常，卻有種難以隱藏的生硬。

就連走廊也傳來了其他教室裡的嘈雜聲。

我將沒發出聲音的耳機戴上，趴在桌上假裝睡覺，等待這段令人坐立難安的時間結束。

喀啦。

我聽到有人打開教室門走進來的聲響。

這大剌剌的走路聲我早已聽慣，腳步聲筆直地朝著我靠近。

至於這腳步聲是誰發出來的，我心中也有數。

「喂，治郎。」

有人對我說話。

我繼續裝睡，她便直接用腳踹我，這下只能做出回應了。

「……什麼事？」

我抬起頭來。

眨了眨眼，裝作睡眼惺忪。

「今天午餐買巧克力螺旋麵包跟草莓歐蕾。」

不良學生——喜多村透對我下令。

她不顧我的蹩腳演技大聲罵道。

「你該不會忘了吧，你這混帳最近都給我偷懶。」

「啊、嗯。」

「啊啊？『啊、嗯』個屁啊？」

「啊、是，對不起。」

「哼，少給我囂張了。」

她逼近死盯著我。

我們的距離，只有十公分。如果對方是天神由美里，我或許會因為被她的魅力迷得團團轉，可惜這次的對象可不是她，而是個狠瞪我的不良學生。

「呿，怕成這樣，真遜。」

不良學生撂下狠話。

誰叫妳是真的很可怕啊。

況且不是我自豪，我向來生性膽小。

「哼。」

不良學生調頭離開。

那態度顯而易見就是「我沒事找你了」，我和不良學生的交集，就只有這樣。

『附帶一提，我可不會幫忙。』

我回想起由美里特別叮嚀的事。

『治郎同學，你的工作就是憑一己之力，把那四個女生追到手。』

這……

怎麼想都不可能吧。

看看那不良學生看著垃圾般的眼神，以及把我當蛆蟲的態度。

妳叫我把那個追到手？

不可能，我光跟她四目相交說話都做不到了。況且我根本沒把那不良學生當女生看待，她是不良學生欸，很可怕欸。

再者，那個不良學生在我夢裡也只負責跑腿啊？後宮成員是其他三人才對吧？

『我說治郎同學，在夢境世界裡所做的事——只有在夢境世界中才能實現的妄想，若是能在現實中做到，那不是更加痛快嗎？』

……那確實很痛快。

妄想成為現實，這提案的確是充滿夢想。

可是……就算是這樣……不不不，還是太瞎了……要這傢伙給我跑腿也就算了，現在還得把她追到手。

可是我回想起。

由美里還這麼說過。

『最開始的目標就選那個不良學生。』

『先說好，這還只是新手教學喔？我想你應該輕易就能搞定，就放輕鬆去做吧。』

『同時，這也是最緊急的任務。因為**受治郎同學夢境影響最深的也是她**。』

「喂。」

又有人找我說話。

剛才轉頭離開的不良學生——喜多村透轉向我，露出凶狠的眼神。

「什、什麼事？」

「那傢伙呢？」

「咦？」

「那個女人啦，她沒來嗎？」

那個女人？

我暫時思考了一下才想到，啊啊，她是說由美里啊。

庸醫跟不良。

這兩人之間似乎已經分出高低了。從學生餐廳那次能夠看出，喜多村透根本拿她沒轍，只可惜不良這類人種，比起普通人更加注重面子。

「這樣啊——她沒來啊——」

不良學生自言自語地說著。

「她蹺課？」

「呃，這我不清楚。」

「為什麼會不清楚，那不是你的女人嗎？」

「這個嘛……」

就算妳這麼說。

我們也剛認識沒多久啊。

「哼——」

不良學生眼睛瞇成一線看我。

雖然瞇成一線，卻絲毫沒帶笑意。

真要說的話，她散發出的氛圍，更像是想設陷阱的滑頭肉食野獸。

「喂，治郎。」

該說是如我所料嗎？

壞預感命中了，不良學生語帶威脅地說道。

「你這傢伙，賞個臉陪我。」

†

我說過很多遍了，我就是個邊緣人。

在班上不起眼，個子矮長相也平庸，就算上美容院也只會說「隨便幫我剪一下」，還沒有朋友，很顯然就是校園種姓制度最底層的人。

念書倒還算行，排名也從上面數比較快。

簡單來說，我就是個資優生。即使我成天罵學校就是垃圾，但因為無處可去，還是得勉為其難上學，也因為無事可做，只能乖乖上課。雖說我只是不想被老師盯上才會專心上課，可是成績還算不錯，即使邊緣，只要不鬧出問題又能拿到好成績，對校方而言就是個理想的學生。

然而這樣的我，今天蹺課了。

我被不良學生逼著蹺課。

「喂！治郎你這傢伙！」

不良學生猛力搖著搖桿罵道。

「認真點玩啊渾蛋，我差點就死了。」

「欸，我很認真啊。」

「少給我頂嘴……嗚哇，快點、快丟炸彈！剛才那狀況應該是你負責丟啊！」

「欸，就算妳這樣講我也……」

現在學校應該開始上第三堂課了。

而我們人正在遊樂場。

我們在遊樂場玩著射擊遊戲，就是那種老派的縱向彈幕。

我和不良學生在一起。喜多村透就坐在我身旁，她整個人前傾大吵大鬧的，臉都快貼上映像管螢幕了。

我們現在做的，就是俗稱的雙打。

「喂，治郎，下個頭目要出來了，左邊交給你。」

「咦？我應該負責右邊吧？」

「這關左邊比較輕鬆啦，別慢吞吞的，快點移動過去，快點——啊——你搞什麼！頭目已經出來了！」

「小兵不停射子彈過來，我光躲就來不及——」

「啊——你這白痴！我負責左邊！你繼續待在右邊！專心點！」

「啊哇哇哇、糟糕、啊哇哇哇——」

我拚命閃來閃去。

我不擅長玩彈幕射擊，光是跟上就很勉強，要是不集中精神到腦袋發熱，很快就會死掉。而死了不良學生又會暴怒，我得在思考前就先動手操作，也就是進入所謂的高度集中（zone）狀態。專心、專心，只想著彈幕的軌道就好。

「嗯啊——!?」

轟隆——

遊戲結束。

「啊——可惡！」

不良學生抱頭大喊。

接著喀啷喀啷地投入硬幣。

「欸，妳還要繼續喔？」

「當然要玩到破關為止，這次你可不准失誤啊！」

就這麼，不良學生的斯巴達式射擊遊戲又開始了。

她一直持續著這樣的狀態。

她帶我蹺課跑來這乏人問津的遊樂場，裡頭擺的都是些老機臺，投一次的價格也比較便宜，加上現在還是上午，幾乎沒其他客人。

「喂，白痴，快丟炸彈啊！我快死了！」

「欸、可是炸彈數量有限……」

「白痴喔，不用你說我也知道，不丟結果死掉，那炸彈留著也沒用啊！」

「不過炸彈要選對時機用……啊，子彈過去了。」

「哇、等——啊——可惡！又死了！再來一次！」

「那個，不好意思我先問一下。」

「幹麼？」

「我真的不用付錢？」

「啊嗯？你不是每次都幫我付麵包跟飲料錢。」

「啊、嗯。是沒錯。」

「那來這的錢當然我出啊……喂，彈幕來了！快丟炸彈！」

「欸，可是在這用炸彈好浪費——」

「啊——!?你看啦，又害我死了！就叫你丟炸彈啊！」

我想會死應該跟炸彈沒關係，而是妳光會動嘴。

想歸想，我還是忍住不去吐槽。是說她離好近，我們倆坐在同個機臺，近也很正常，只是她的肩膀跟胸部動不動就往我這碰，實在妨礙我玩遊戲。

她似乎是真心想打到全破。我總覺得真心想過關的話，還是看攻略應該比較快，就是這樣我才討厭不良學生。雖然這世上可能也有頭腦好的不良學生，不過這類人種多半只會憑一股勁或看氛圍做事，而不是選擇最佳解，還動不動就火上腦迷失自我。

「治郎，你先自己撐住，我去換零錢。」

不良學生站起來。

她竟然還想繼續，是說這關難度很高耶，妳就丟我一個人過喔。

「你要是敢死，就等著一輩子做我跑腿。」

妳是鬼嗎？

就是這樣我才討厭不良——啊、完蛋要掛了，這關真的好難，啊哇哇哇

哇。

全破了。

說來說去，其實還是打得挺盡興，我都忍不住想跟她擊掌了，之後她把我帶去速食店。

「喂，治郎你這渾蛋。」

就連點個餐她都抱怨不斷。

「你點太少了吧。」

「欸，是嗎？」

「就一個普通漢堡跟爽健美茶，你是正在減肥的女生喔，多吃點啊。」

「呃，可是我食量不算大，而且我還有便當。」

「便當晚點再吃，媽媽特地準備的便當不准剩下。現在吃的漢堡只是零食，多吃點才能長壯。」

「哪可能這麼簡單變壯，又不是成長期的國中生。」

「我們也才高中生，多吃自然會長高長壯好嗎？」

「可是我沒錢——」

「你廢話跟藉口真的很多耶，閉上嘴巴吃就對了。飯錢也由我出——不好意思，我要加點三個這個大漢堡，再加這個薯條，然後爽健美茶改成奶昔。」

砰。

砰。

砰。

窄小的桌子擺滿大量食物。

欸、真假？都我吃？這些全部？

「一半我吃。」

就算分一半還是超多耶。

說不定超越了成年人一天份……不，怎麼想這卡路里都爆表了。

「你白痴喔，要長壯就得攝取卡路里，這不是理所當然的嗎？」

喜多村透說完，便拿起巨大漢堡大口咬下，吃相可真豪邁，想不到這不良學生身材纖瘦卻如此能吃。

沒辦法，我也只好拿起漢堡，雙層起司肉排，光咬一口我的胃袋就往下沉了。

「……所以勒？」

喜多村透轉眼間就吃完了自己的份，接著對我說。

「那女人，到底是什麼來頭？」

「欸？什麼東西？」

「我說那傢伙啦，那個整天黏著你的轉學生。」

「啊啊，你說由美里啊。」

「少給我親暱地直呼她名字，那傢伙到底是怎樣，你什麼時候把到那女人的？你哪來那種時間。」

「我時間……其實挺多的，平常都很閒。」

「交友軟體認識的？」

「我沒用那種東西。」

「搭訕嗎？還是你對她告白？上同一家補習班？」

「不，都不是。」

「你們真的在交往嗎？」

「這……我也不清楚。」

「你說話清楚點行不行。」

「不，就算妳這樣講……」

我才想問該如何說明。

認真說明前因後果感覺會被她揍，況且我是真的不太清楚天神由美里的事，應該說完全不知道。我對那傢伙，根本一無所知。

「總覺得你們之間的關係模糊不清啊。」

喜多村透仍不放棄追究。

她抓起我的那份漢堡說。

「意思是那個嗎？你們其實並沒有正式開始交往？」

「這……算是、吧？大概。」

「也沒有訂下婚約之類的？」

「沒有，絕對沒有。」

「那她就只是個跟蹤狂嘛。」

這我稍微認同。

原來如此，跟蹤狂啊，說不定真被她說中了。

畢竟我們是在夢中認識，她每晚跑進夢裡攻擊我，最後甚至出現在現實世界自稱我的戀人，單就事情表面來看，她就只是個跟蹤狂沒錯。

「要是傷腦筋就告訴我。」

咦？

「我說，如果那女人又對你做了什麼就告訴我，要我保護你也不是不行。」

嗯嗯？？

什麼意思？？？

「她可是搶了我的跑腿啊？我哪有可能就這麼讓人看扁。那個女人，下次她要是敢再對你出手，我就揍飛她。」

喜多村透露出了凶狠的表情宣言著。

我倒是感到五味雜陳，雖不清楚這是什麼情況，但眼前的不良學生心中，似乎已經構築了此般對立關係。無論如何，我只覺得麻煩，怎麼大家都無視我的個人意願自說自話。

之後我被她拉進百貨公司。

喜多村透帶著我逛了幾間服裝店，她拿起幾件上衣和裙子試穿，試來試去都挑不出中意的。

她冷不防地問了一句「你喜歡胸部大的女人？」我回答：「才才才、才沒有這回事。」她嘖了一聲，傻眼地說：「男人真的是有夠單純。」之後她就專挑強調胸部的衣服試穿。

逛完服裝店我們來到棒壘球打擊場。喜多村透轟出好幾支全壘打，至於我，就別提了。我不算是運動白痴，但就是討厭活動身體累個半死。

是說，我一直感到不太對勁。

喜多村透是這樣的人嗎？

不，她確實是這樣的傢伙，我也覺得自己說完還被自己吐槽有點怪。不過，嗯，總之就是，不太對勁。

拿可爾必思舉例好了，那個充滿乳酸菌和糖分的濃縮原汁，用一小杯水或一啤酒杯的水去兌，都會叫做可爾必思，而味道卻是天差地遠，我想表達的就是這個意思。

就在我想著這件事時，已經到了傍晚。

「喂，治郎！」

我鬆一口氣，終於要脫苦海了。

喜多村透卻如此宣言。

「我們去你家，現在就去。你沒意見吧？」

不，我當然有意見。

第四話

我被帶著跑遍遊樂場、漢堡店、百貨公司、打擊場，而在那天傍晚。

拉著我到處跑的不良學生——喜多村透，又提出一個強人所難的要求。

她說「現在去你家」。

「咦？妳認真的嗎？」

我忍不住一臉正經地回覆她。

「啊嗯？」

喜多村透的表情變得超級恐怖。

「當然是認真的，你這蠢貨敢有意見嗎？」

當然有。

為什麼妳會認為我會答應？

妳強制拉我蹺課一整天跑來跑去的，現在還要來我家，就是闖空門的強盜臉皮也沒這麼厚吧。

我心裡這麼想著。

實際說出口的話卻是：

「不，我沒意見。」

因為不良真的很恐怖啊。

她要是真到我家就傷腦筋了，我只能嘗試勸退她。我倉皇失措地問：「都這麼晚了，回家比較好吧？妳家人不會擔心嗎？」

喜多村透哼了一聲。

「我家就只有滿身酒臭的毒親，還不如去你家。」

她不屑地回道。

「妳這樣講我也不知道該怎麼回，就算妳要來我家，事出突然，我也沒有任何準備……」

「我又沒叫你招待我，只是想找地方打發時間而已。」

「可是我家不過是棟老屋子……」

「6LDK又是鋼筋水泥蓋的房子已經不錯了好嗎，我家可是屋齡五十年的木造老房，你瞧不起人是不是。」

「而且萬一我家老太婆在家就麻煩了……」

「少把自己媽媽說的像是個大阪大嬸了，你媽明明就是個精明的高階公務員，還是位美女。」

該怎麼說，對了，妳想想，我們白天蹺課只是正好沒被輔導員找上，一到晚上風險會變更高，被發現肯定會很麻煩對吧？對了，還有妳跟家裡聯絡了嗎？不需要先取得許可嗎？這麼晚拜訪別人家裡，肯定需要先知會一聲對吧，可能還得準備伴手禮之類的東西不是嗎？不，我沒特別想要伴手禮。啊，糟了，我家根本沒打掃！我媽工作太忙幾乎沒時間打掃，我房間更是滿地垃圾！還有很多不能給人看到的東西，哎呀，真是傷腦筋，這下我實在沒有臉請客人進門！

所以還是下次再說吧？下次再來如何？之後有機會再說，就這麼辦，妳說好嗎？好不好？

這下麻煩大了。

她真的殺到我家。

「——哎呀!?哎呀哎呀,真是稀客!」

偏偏老太婆也在家。

我的天啊,實在糟透了。妳這時間不是都還在工作嗎,為什麼偏偏今天要提早回家,是為了整我嗎?

「好久不見!妳是小透對吧?」

「是,好久不見了。」

「哇啊,妳變得好漂亮!啊——好懷念!妳過得好嗎?我們幾年沒見了?」

「很好,應該小學之後就沒見面了。」

「討厭啦,都過這麼久了?真是的,真不想變老。」

「是。」

「我聽那孩子說你們念同一所學校對不對？治郎他就是很散漫的，我向他打聽小透的事，他也只會『啊啊』、『哦哦』地隨便應聲，妳還好嗎？治郎有沒有給妳添麻煩？」

「是，沒有問題。」

「啊！不好意思喔，拉著妳講個沒完。來來，快進來吧，家裡這麼髒真是不好意思。」

「是，打擾了。」

真被她進了家門。

把我當跑腿使喚的不良學生，竟然踏進我家。

「啊──討厭啦，真的好懷念。」

我拗不過老媽，只能往客廳走。

我們坐在客廳的L字沙發上，我和喜多村透兩人坐在一起，老媽坐在左斜前眉開眼笑的。

「小透因為種種原因搬家了對嘛，妳跟治郎那麼要好，當時真的好難過喔。」

「是。」

「我說治郎，你要好好跟兒時玩伴保持聯繫喔，你應該要多加珍惜從小認識的朋友。」

「……哦。」

「你還『哦』，這孩子就愛裝酷。真是不懂青春期的男生到底在想什麼，簡直就是不明生物了。嗳，小透妳聽我說啦，治郎他現在進入叛逆期了。」

「是，我很有興趣。」

「嗯──舉例來說，伯母我想進治郎房間時，他馬上就會發火，誰叫他每天早上都睡過頭，又不整理房間。不過我都沒看他有買什麼色色的書，最近的年輕人，都用手機對吧？他是不是都買那個所謂的電子書，對紙本書沒有興趣啊？」

拜託不要說了。

別動不動透露兒子敏感的個人隱私。

「都怪手機不好──現在的年輕人啊，不論什麼都用手機解決。其實伯母啊，一直想體驗一下不小心在兒子床下發現黃色書刊，然後再裝沒看見偷偷放回去呢。」

「是。」

「是說小透妳太緊張了啦——從剛才就一直回答『是』。妳以前不是這樣的吧？放輕鬆放輕鬆，不用在意這麼多，把這當自己家就好。」

「是，啊、好的。」

「啊！對不起喔，我都忘記拿東西招呼妳，要不要喝果汁？啊——糟了，冰箱只有果菜汁，可以嗎？」

「是，請不必費心。」

「什麼話呀，我當然要全力招待妳啊。今天留下來吃晚餐吧？我什麼都沒準備，乾脆來訂披薩吧，還是妳喜歡吃壽司？太麻煩了，乾脆兩邊都叫吧，畢竟機會難得嘛。」

於是我媽就叫了外賣。

喜多村透也完全沒在客氣。正確來說，她有感到這樣不好意思，然而一提到食物，她的內心就被食慾占據了，這不良學生就是抵擋不住食物的誘惑。

而我的意見則徹底被無視。我並不喜歡吃外賣，吃洋芋片或泡麵可能還開心點。

「小透，好吃嗎？」

「是，非常好吃。」

「我好像點太多了，妳儘管吃沒關係。」

「是，我會負起責任全部吃光。」

「呵呵，小透吃得真香呢，妳從以前食量就很大，身體卻這麼瘦，真叫人羨慕。」

「是。」

「治郎你看看人家，你也多吃點啊，你還能長得更高才對。你爸個子很高，媽媽也不算特別矮，就基因來說你還有成長空間。」

吵死了。

要妳這老太婆多管閒事。

現在使喚我跑腿的不良學生都踏進自己家裡了，我哪可能會有食慾，況且我剛才被硬塞了一堆漢堡，現在胃脹到不行好嗎！

「真是的——這孩子就是叛逆。不好意思小透，妳能幫我餵治郎吃嗎？他完全都不吃，妳來餵說不定他就肯吃了。」

「是……嗯？欸？」

喂，死老太婆。

妳沒事說什麼瘋話？

「唔呵呵！開玩笑的啦！討厭啦，小透好可愛，看妳的臉都紅成這樣。」

「是、不，沒這回事。」

「雖然我是開玩笑的，妳要不要乾脆真的餵他呀？」

「是、不，這……真的要嗎？」

「嗯，如果小透願意的話。」

不良學生竟然把老太婆的瘋話當真了。

其實我直接反駁老太婆就好，但是又不想跟她說話，這矛盾心理真難搞。

「嗚、啊、嗚。」

不良學生嘴巴變得像是缺氧的金魚一樣開開合合的，就連臉也紅到跟金魚沒兩樣，如果是漫畫，肯定會加上眼冒金星的表現。

「啊哈哈！真是的——！小透真的好可愛！」

老太婆笑得可開心了。

反觀我倒是整個傻眼，只能硬是把冷掉的披薩塞進嘴，再用可樂沖下肚。

上天啊，拜託讓這段身處地獄般的時間早早結束吧。我只希望這不過是一場夢，這句話由能夠自由操控夢境的我說出，實在是諷刺過頭了。

雖說我早已認定這世上沒有神佛的存在，似乎也不是這麼一回事，祂終於給老太婆降下天罰。

具體來說，就是老太婆工作用的手機來了通知。

說有緊急狀況，叫她現在馬上趕往職場。

「妳慢慢坐喔！不需要客氣沒關係！」

老太婆慌慌張張地整理儀容，穿上高跟鞋。

「家裡的東西隨便妳用！要住下來也沒問題！治郎，你要好好招呼人家！啊啊，還有——」

老太婆靠到我耳邊說。

「上次打電話來的那個女朋友，她不是小透對吧？晚點你再一五一十跟我解釋清楚，聽到了沒？」

說完老太婆就離開家了。

掰啦，老太婆。雖說我也不是沒同情心，但這實在太爽快了。妳最好到早上才回來，不然事情又會變得麻煩。

「……噗哈！」

不良學生大吸一口氣。

「啊——好緊張啊，妳媽人漂亮又有魄力，一個不小心就被她牽著走，真的是嚇死了。」

是這樣嗎？

畢竟是自己家人，我倒是不太明白。

那麼說來，可能老媽在家還比較好？事實上，不良學生的確變得跟別人家來借住的貓一樣乖。

「哈——來看電視吧。」

不良學生擅自拿起遙控器。

不僅如此，她還慵懶地整個人靠在沙發上坐著，顯然是徹底放鬆了。

咦？妳還不回去嗎？

「啊嗯？分明是你媽說我不用客氣的好嗎？」

她是說過沒錯啦。

一般來說，這時候講「我差不多該告辭了」才是正常反應吧？這麼晚妳媽媽也會擔心的。

「少囉嗦，這跟你沒關係，別管那麼多，你也放輕鬆點。要是你不放鬆，會害得連我也無法放鬆。」

既然無法放鬆那回家不就好了？

這話我可不敢說出口，誰叫不良學生那麼可怕。

我們看著電視。

目前播的是談話性節目，搞笑藝人以特定題目為題材，上演著耍笨跟吐槽的大亂鬥。節目內容應該是挺有趣的，可惜我一點都聽不進腦子裡。被掃得乾乾淨淨的外賣壽司桶裡，飄來了淡淡的酸甜味。我整個人不舒服，住慣的家裡被異物入侵，我真的無法享受這樣的時光。

「呃……那麼我先回自己房間了。」

「啊啊？幹麼啊，你要是不在這，不就只剩我一個人待著嗎？」

「嗯，這個嘛，是啊。」

「哪有到別人家作客還被一個人擱著的，我又不能隨便亂動別人家東西，應該說你要負責看著我，別讓我亂搞才對吧。」

「我總覺得妳現在回家，就能解決所有的問題了。」

「是說能借我浴室洗澡嗎？」

咦？

妳剛才說什麼？

「我說借我浴室啦，剛才在打擊場流了一身汗。」

運動完當然會流汗啊。

為什麼要借我家浴室？還在這洗澡？

「你媽不是說了，叫我不必客氣。」

她是說了沒錯啦。

妳就不能把這當場面話帶過嗎？一般人哪會在這種時候借浴室洗澡？不良學生都不懂什麼叫客氣嗎？

「伯母還說過，『治郎，你要好好招呼人家！』」

不不不。

她是說了，但不是叫我這樣招呼妳吧。

「借我浴巾，啊，不用給我替換的衣服。」

木已成舟。

喜多村透跑去洗澡了。

我待在客廳，浴室傳來了喜多村透沐浴的聲音。

此時我真心想要朋友。

過去我就是嫌人際關係太過麻煩，反正到頭來一個人還是能活得好好的，看來是我想得太美了。就常理而論，這世上多的是無法獨自搞定的事，我想找個人商量對策，現在是什麼情況？我又該站在怎樣的立場？這時候邊緣到沒人能談心事的傢伙該怎麼辦，打給兒少保護專線有用嗎？

還有天神由美里。

這時候她偏偏就不在，不是說好健康或疾病時都要共患難嗎？我現在可是傷透腦筋了耶？我從沒這麼期待過妳出現啊？妳不是自在的嗎？不是神出鬼沒的英雄嗎？

為什麼偏偏在這時候就是不出來？

『附帶一提，我可不會幫忙。』

『治郎同學，你的工作就是憑一己之力，把那四個女生追到手。』

……啊。

她有說過。

對喔，她確實有講。

真是不負責任的傢伙。

說到底，我會陷入現在這狀況，全都是那個自稱自在的女人——天神由美里的錯。她應該要負起責任才對啊，什麼叫『我可不會幫忙』，這要求分明就是妳自己提的，又不是我自己希望才去做這種事。還敢講『你的工作就是憑一己之力，把那四個女生追到手。』少說這種蠢話了，我的自由意識跟人權都死哪去了。

說到底，就我個人的認知來說，我又沒做什麼十惡不赦的壞事。由美里說我的夢境對現實帶來了負面影響，那些都只是她的推測，我哪有什麼責任？

況且我是否對世界造成了多大的負面影響，以及世界是不是真的步向滅亡，這些事又無法證明，全都是天神由美里自說自話。

儘管我親眼目睹天神由美里不是個凡人，似乎也是認真為世界的危機而戰……那又怎樣？那些事跟我現在的狀況有什麼關聯？

我現在處於怎樣的立場？

這問題跟天神由美里究竟是什麼人一樣充滿謎團。我接下來該做些什麼、又該何去何從？即使到了現在，我還是一切都不明白。

「喂。」

有人喊我。

喜多村透似乎洗好澡了。

她一面用浴巾搓乾頭髮，一面問：「你不洗嗎？」

「啊——不用了，我先不洗。」

「哼——」

她坐到我身旁。

沙發咯吱作響。

一股類似花草或水果的清新香氣飄來，不知道是洗髮精還是沐浴乳的味道，明明老媽也是用同樣的東西，從她身上聞起來卻格外鮮明。

「我說。」

她看著我。

「我們是兒時玩伴沒錯吧。」

咦？

妳是這麼認知的嗎？

「伯母不也這麼說嗎，我們國小就在一塊，當然算兒時玩伴。」

這個嘛。

我想這只能說是價值觀的差異吧？

對我來說，妳除了不良學生外什麼都不是，妳就是個使喚我跑腿的敵人。

「你變了呢。」

我？

「你整個變了，你以前不是這樣子。」

那還用說。

小學那時我都還沒滿十歲。

如今我十六歲了，人生經驗足足多了一倍，要是這樣還沒變化，豈不是很噁心嗎？

「你是處男？」

要妳管。

那妳自己咧。

「你自己確認呀？」

咚。

我被推倒了。

整個人倒在沙發上。

不良學生騎到我身上，我嚇到動彈不得。不良學生靜靜地盯著我，剛洗完澡的她臉頰泛紅，衣服有一半的釦子解開，能從上衣敞開的隙縫中窺見胸部，連白色的內衣也被看得一清二楚，沒想到她會穿那種帶蕾絲的可愛款式。

不不不。

太瞎了。

雖然最瞎的那個是我。

膽小到空氣都不敢違逆。

自卑到唯命是從。

不過我仍感覺有哪邊不對勁。

電視播的搞笑節目正迎來高潮，哐啷哐啷，從剛才就不停傳來爆笑聲。牆上時鐘的秒針發出滴答聲，宛若臨死前的蟬鳴。不良學生的呼吸有些急促，浴室的換氣扇「噗——」地轉個不停。喀嘰喀嘰、喀掐，玄關傳來了開門聲。

不良學生的臉漸漸逼近。

「忘忘忘忘記東西了～」

老媽走進客廳。

砰——！她一面搔頭，一面打開門。

「討厭啦——真是傷腦筋——竟然忘記重要資料，只好搭計程車回來拿——你們倆怎麼了？有好好相處嗎？飯夠吃嗎？」

「是。」

不良學生裝傻回答道。

她只花了零點一秒就在沙發上坐好，多麼驚人的運動神經。

而她的臉還是一片通紅。

「哎呀，小透妳洗澡了？對不起喔，我們家浴室都沒清乾淨，要是知道妳會來，我就事先給妳準備化妝品之類的東西了……啊，那伯母又要出門了，妳放輕鬆點！治郎，你要好好照顧人家知道沒!?然後抱歉，幫我鎖一下大門！」

老媽說完再次衝出門。

電視節目的爆笑聲逐漸轉弱，然後進了廣告。

†

「……咦？然後呢？」

天神由美里發出了詫異的聲音問道。

我們正在夢裡，時間是那天晚上。

「然後就沒有然後了。」

我回答。

我坐在王座上，手肘靠在膝蓋，手掌托著下巴。

剛才這段形容還真不賴。「坐在王座上」→「手肘靠膝蓋」→「手掌托下巴」，三句話裡連續用同樣的字數，排列了三種身體動作。雖說只是巧合，但是看起來十分工整，我不禁感謝起自己隸屬於文藝社。其實這種事壓根無所謂，我只是想逃避現實。

「我的天啊（Jesus）。」

由美里說。

她的發音超級標準，聽起來更嘲諷了。

「真叫人難以置信，你在這情境下竟然什麼都沒做？」

由美里搖頭道。

不僅如此，她還雙手手掌朝天聳肩。

她以瘟疫醫生的裝扮做出這種動作，還真是叫人頗為火大。

「治郎同學，你真的明白嗎？」

生。」

「明白什麼？」

「一切的事。自己的立場、自己犯下的過錯、至今的人生、自己為何而生。」

「妳全部否定喔，妳現在是想說我這個人根本不該存在嗎？」

「不論我怎麼說你都無法有怨言吧？」

由美里指著我說。

「你就是做了這麼嚴重的事。因為你什麼都不做，導致貶低了自身存在，我從沒看過這種悲劇。」

「……有必要說到這份上嗎？」

「當然有，你真的是擁有Y染色體的雄性生物嗎？你身為人、不，身為生物都不覺得丟臉嗎？你竟然拒絕了渴望生殖行為的雌性生物，此等暴行就等同於扭曲了宇宙的法則。」

「……有必要說到這份上嗎？」

我有點受傷。

這傢伙怎麼能說出如此苛薄的話。

妳不是我的戀人嗎？不是說好健康或疾病時都要共患難嗎？就不能再多對我溫柔點嗎？

「所以我才對你抱怨啊。」

由美里再次指向我。

附帶一提，她今晚依舊坐在我膝蓋上。

「我的怨言還不只這些，你不是我的戀人嗎？那麼你就應該像個稱職的戀人，把那四個女生追到手才行呀。」

這什麼神邏輯。

正常來說，哪有戀人會講『你去追那四個女人』？

雖然天神由美里確實不是正常人，單就這點，這段期間我可是再清楚不過了。

說到底的。

由美里所主張的任務，到底要怎樣從危機中拯救世界？

她說只要排除了我的無名怨憤，而我沒必要再做夢，就能夠拯救世界。確實我的無名怨憤，是與冰川碧、祥雲院依子、星野美羽、喜多村透四人有所關聯。不過這真的是最佳解決方案？難道沒有其他辦法嗎？

老實講，這真的不該是我該說的話。譬如**將我殺死不是更快嗎**？雖然這光是想像就令我毛骨悚然，但由美里就是擁有如此強大的力量才對呀？

我總覺得哪邊不太對勁。

究竟是哪邊不對勁，我還說不上來。

「還有治郎同學，我們談個最根本的話題。」

由美里改變語調。

她的氛圍似乎變了。雖然她還是穿著瘟疫醫生的裝扮坐在我腿上，氛圍改變似乎也沒意義。

「你，為什麼要當邊緣人？」

真的是根本問題。

現在談這幹麼？當邊緣人還要有理由？

「當然需要，治郎同學，你不認為自己其實規格還挺高的嗎？」

「我？」

「就是說你。你其實就是個有錢人家的少爺啊，雖說屋齡有點年紀，不過你住在相當氣派的宅邸，媽媽長得漂亮，還是個通情達理的高階公務員。」

「她就只是個囉嗦的老太婆，而且自己媽媽漂亮能有什麼好處？」

「你從來沒為錢困擾吧？」

「也不是說隨我怎麼用都行，又不是我自己賺的。」

「外型也不算太壞。」

「個子矮就是了。」

「頭腦也不差。」

「頂多考試成績中上罷了。」

「還很有異性緣。」

「妳傻了嗎？真有異性緣我還當邊緣人幹麼？」

「這話我可無法當沒聽見。你都有我這個戀人了，還不算有異性緣嗎？

嘿——哼——」

「可是我又不清楚妳的事……說是說戀人，那也只是妳自說自話……」

「而且，你可不止受我歡迎而已喔？喜多村透也對你很有好感不是嗎？」

「不不不，那傢伙才不算數。」

「還有一件事。」

她從我膝蓋上跳下。

接著做作地拿起瘟疫醫生的手杖，「叩」地敲了地板。

「那個喜多村透，她是你的兒時玩伴對吧？光是有一位美少女當兒時玩伴，你就已經是人生贏家了耶？」

「那傢伙就是個不良學生，還使喚我去跑腿。」

「關於這點我倒是存疑。你身處的狀況，真的能被稱作被當跑腿使喚嗎？遊樂場錢、漢堡錢、打擊場費用，這些不都是喜多村透支付的嗎？」

「是沒錯啦。」

「這些費用加起來也不便宜呀，幾乎能一次把你平常出的麵包果汁錢打平了吧？」

「才怪，那一點頂多就一半的錢而已。」

「拿回一半不是正好平衡了嗎，若是約會，兩人這樣的出錢比例剛剛好，應該說這完全就是約會了吧？喜多村透和你所做的，從各方面來判斷，很顯然就是約會啊？」

「那最好是約會，我可是被她抓著到處跑——」

「最後，她這送到嘴邊的肉，你居然碰也不碰。」

「就說了，我沒把她當那種對象——」

「我直接說結論。」

她說著。

並拿起手杖指向我。

「你這邊緣人當得太爽了。你的發言對這世上無數的正牌邊緣人來說，跟褻瀆沒兩樣。」

……欸欸欸？

有必要說這麼重的話嗎？

我認為自己已經過得夠委屈了耶？

「確實，無名怨憤這東西無法以客觀角度來評斷。就算擁有任誰都羨慕的能力和環境，內心也是會抱持抑鬱。我還是得說，你實在太幼稚了。浸在不冷不熱的水裡，還自以為被地獄業火焚燒、乞求旁人憐憫，根本就是得了被害妄想症。」

說得可真過分。

換作是以往的我，肯定會馬上發飆攻擊她。

這裡是我的夢境世界。我能隨心所欲變成喜歡的模樣，不論要變成凶猛的龍，或是狡詐的惡魔都行。

不過，我現在已經沒那種念頭了。

畢竟我現在也稍微瞭解，天神由美里是個怎樣的傢伙。

自由奔放、橫行無阻、天衣無縫。

天下無敵的義工英雄。

對這傢伙說什麼都是馬耳東風、對牛彈琴。

就如同她自己所說的，她「自在」到不論我做什麼，都會一笑置之，然後繼續朝著自己的道路前進。

應該說，我好像一直被她騎在頭上。

打從第一次見面到今天為止，她總是能先下手為強，而我就只好單方面處於被動。雖然火大，心裡卻又能夠接受，因為我已經親眼目睹天神由美里這個人犯規的程度，看得我甚至只能苦笑帶過。

「不過嘛！」

她吃吃地笑著。

天神由美里，以瘟疫醫生的模樣說。

「治郎同學包含這點在內也很可愛！有個叫人費心的戀人也不壞。你放心吧，不論健康或是疾病，我都會如同為沒用老公鞠躬盡瘁的大和撫子一般支持你。」

「妳就是這點不可愛啊……是說妳要是多多諂媚我的話，我早就已經被妳迷倒了。」

「嗯，這句臺詞不錯喔。你終於要由傲轉嬌了嗎？」

「我承認，妳的能力的確是強到讓人害怕。」

「竟然說出這麼可愛的話，是想要親親嗎？」

「可惜妳穿成這副鬼模樣，對我說再多甜言蜜語也沒用啦！」

「這個嘛——」

由美里捻起覆蓋自己全身的斗篷。

「這畢竟是我的防護衣嘛，我也認同這服裝實在不太可愛。」

「哼，只有這個是妳的弱點是吧？天下無敵的天神由美里大人，只要進到我的夢裡，就無法像以往那麼『自在』了。」

「哎呀哎呀，這點我可真的無從反駁了。」

她竊笑到肩膀顫抖。

不論怎麼諷刺都對她沒效，才叫人更加火大。

「雖然你可能聽到煩了，但我們再次確認一遍方針。」

由美里重新總結。

「治郎同學的任務是將四名女生追到手。目標對象是冰川碧、祥雲院依子、星野美羽、喜多村透。因為她們四人，正是你內心深處無名怨憤的泉源。只要和她們四人的關係有所進展，你這個病——可能毀滅世界的夢境之力，就很有可能緩解。」

「收到——」

「真是沒幹勁的回覆。雖說是要求你追到對方，但喜多村透這對象，已經幾乎等於是新手教學了耶？本來我只把她當作是一個過程，還期待你一天就能搞定她，沒想到你竟然如此不濟。」

「是——是——真不好意思喔。」

我重複著無力的回覆。

妳倒是告訴我，在這種狀況下要如何才能『充滿幹勁地回覆』？

到目前為止，我根本是單方面被捲入麻煩之中耶？

夢境的事、我這個病、自己的力量，至今我還什麼都不瞭解。

成天把我耍得團團轉的由美里究竟是何方神聖，喜多村透為何突然改變態度？

我真的是一切都不明白。

既然什麼都不明白，我自己所處的立場自然也是模糊不清。

還有我都硬著頭皮陪妳蹚這渾水了，就不能稍微誇誇我嗎？

「你說的我也不是不懂。」

由美里點頭道。

「不過希望你能諒解我的立場。說老實話，我無法將一切都和盤托出。」

「……是這樣嗎？」

「是啊，畢竟你可是連我都放棄治療的『世界的危機』。我面對你這極端異常的對象，必須要格外慎重才行。」

哦——

真叫人意外。

我以為這傢伙凡事都會快刀斬亂麻，三兩下就解決完，看來也並非都是這麼做。

或者是我的力量真有這麼危險？

「另外照這狀況下去，可能會發生有點麻煩的事。」

「什麼麻煩事？」

「那還用說。」

由美里仰天說。

「世界的危機將化作現實。」

†

隔天。

「喂，治郎你這渾蛋！」

早上班會前。

喜多村透又跑來找碴。

「今天買檸檬奶油麵包跟咖啡歐蕾，你這混帳可別想開溜啊。」

不良學生還是一如往常。

彷彿昨天什麼事都沒發生過，反倒讓人覺得清新舒爽。

她的狠瞪越來越有模有樣了，叫囂的方式、窺探我臉龐的角度，每一項都有著某種令我反射性畏縮的特質。

總之她恐嚇人的方式簡直經驗老到。

而我也是被她嚇大的，只能像隻等待風暴過境的小鳥，身體縮成一團瑟瑟發抖地回「啊、嗯」，這麼做已經盡了我最大的努力。

「那個轉學生，怎麼還沒來學校啊。」

喜多村透環顧教室，「呿」了一聲。

「我正想著要跟她分個高下，連面都碰不著不就什麼都做不了嗎？」

這個嘛。

我勸妳還是別跟她扯上關係比較好喔，妳們倆契合度太差了，就好像是剪刀石頭布裡的石頭跟布，不論怎麼做妳都不會有勝算。

「啊啊，還有這個。」

喜多村透摸索口袋。

拿出某種東西遞到我面前。

有幾枚硬幣，加起來大概是五百圓。

「拿去，跑腿錢。」

「……咦？」

「你咦個屁啊，你腦袋跟三歲小孩一樣喔，買麵包跟果汁難道不用錢嗎？」

不，我當然知道。

可是妳過去從沒付過錢啊。

「我就是不想動不動就提起錢啊。」

她抓了抓頭髮，接著別過頭說。

「仔細想想，那樣一不小心就變勒索了。昨天應該還了不少，至於夠不夠我也不清楚。這樣是叫收支透明嗎？總之數字還是分清楚比較好，雖然我不愛這樣搞。」

她硬是把硬幣塞給我。

「啊？幹麼？」

喜多村透一臉不悅地說。

「你幹麼一臉嚇傻的表情，我又沒做什麼奇怪的事。」

這個嘛。

確實是啦。

難道我的認知……錯了？難不成？真的？

我壓根沒打算瞭解這不良學生，究竟是個怎樣的傢伙。

她變得和我們小學在一起時截然不同，那時我們就如老媽所講的一樣，是同學、也是兒時玩伴。

我在認為她「徹底改變」時就放棄思考，從此對她失去興趣，這是不爭的事實。

要說徹底改變這點，其實我也和她一樣。

「就這樣。」

喜多村透調頭離去。

「那、那個。」

我忽然叫住她，而她用訝異的表情對著我。

「幹麼？」

「那、那、那個，」

我被她瞪著，試圖找出適當的措辭。

「今天放學後，妳有空嗎？」

喜多村透有空。

†

放學後，我們又來到昨天那間遊樂場。

「今天各付各的。」

我們坐在橫向捲軸動作遊戲的機臺上，她事先叮嚀道。

「我沒多少錢，今天你也得出，聽到沒？」

「啊、嗯，我會出啦。」

「打老遊戲能撐比較久，狀況好的時候甚至能一次通關，你先在那邊看著。」

這樣講雖然有點討厭，其實我並不缺錢。

我們家的零用錢制度沒有金額上限。不過附帶了需要報告使用目的，然後提交發票或收據的條件。

「這還挺難的。」

喜多村透用力搖著搖桿說。

「以前的遊戲設定比較機車，雙打不但花錢，反倒有可能會扯後腿。」

她一面解說，一面熟練地進行遊戲。

看起來這遊戲她玩了很久，也許她每天都跑遊樂場打發時間也說不定。

我突然想問她各種問題。

「那個。」

「幹麼？」

「喜多村妳，為什麼會變不良學生？」

「噗喝！」

她嗆到了。

咳、咳。即使咳嗽她仍硬是不放開搖桿和按鍵。

「你、等等，別突然這樣，不是害我嚇一跳嗎？」

嗯？

哪樣？

我稍微思考一下，馬上就得到了答案。

啊啊，對啊。

剛才，我用了以前對她的稱呼。

喜多村，我以前都是這麼叫她，現在回想起來還真懷念。

「你問這種事幹麼？」

「沒有啊，就想問問。」

「沒什麼複雜的原因。」

她哼了一聲。

「就是隨處可見的理由。轉去的學校裡都是些混混，結果我也跟著學壞，但沒辦法壞得徹底結果被排擠。那邊有點鄉下，像我這樣的傢伙一點也不稀奇，爸媽也離婚了。」

「這樣啊。」

「我大考時有稍微念點書，才考上現在這所學校，於是就回來了。這學校沒有半個混混，結果回來了照樣被排擠……反倒是我想問你，你是怎麼變成現在這鳥樣的？」

「我？」

「除了你還能有誰，你以前個性還稍微正常點不是嗎？怎麼搞得跟邊緣人一樣，甚至還無視我。」

「啊啊，是啊。」

「『啊啊，是啊』個頭啦。」

她踹我一腳。

「其實沒什麼大不了的理由。」

我揉著被踹的地方回答。

喜多村遊戲技術真好。不停使出金臂勾、打樁機之類的華麗技巧，她嘴上說『這還挺難的』，卻打得十分順遂。

「我想我，大概是害怕了。」

「害怕？怕什麼？」

「這世界的一切。」

「規模拉得太大了吧。」

「是真的。小學時我能當個死小孩，整天幹蠢事也能過得開開心心。可是我突然察覺，該怎麼說，有種像是牆壁一般，類似分界線的東西……譬如這世界有多麼複雜，以及世界與我之間，有著像斷層之類的東西。那天起，我腳下的地板忽然消失不見，我連上下左右也分不清楚、什麼都看不見。碰到這種狀況，除了閉上眼睛當隻縮頭烏龜忍過去外，哪有其他辦法？妳懂這種心情嗎？」

「聽不懂啦，你自以為文學家喔，淨說些難懂的譬喻。」

啪、啪、砰。

中頭目被連續技解決了。

她幾乎是無傷打到現在。

「不過，我也不是完全不明白那種感覺，只是你的狀況未免太極端。」

「極端嗎？」

「極端啊。你講的那些東西，我猜青春期的人都會感覺到吧，只是你比別人還要敏感，就這樣。」

「喜多村也有這種感覺嗎？」

「天曉得，我哪知道啊。」

連續技沒接到。

她瞬間轉為劣勢，遊戲結束。

她嘖了一聲立刻接關，說起來她動不動就發火這點，似乎和以前一模一樣，還有容易動搖這點也是。

而且她，八成說謊了。

「不明白的人」永遠都不可能會明白，而「明白的人」則會將這感覺深深埋入心坎裡，喜多村估計是後者，不可能回答『我哪知道』。

「單就變了這點來說，妳才變得更多吧。」

我看著姿勢前傾的不良學生背影說。

就她的情況，改變的理由很好揣測。她家和我家一樣，她父親是個安定的公務員，只要沒出什麼事，人生都可以輕鬆度過，就是因為發生了各種事，她才會待在這擺滿老機臺的沒落遊樂場消磨時間，甚至還染髮，連說話方式也變得像壞學生。

我唯一明白的，就是事到如今再去問她『發生了什麼事』也沒用。

『為什麼會變不良學生？』

竟然問這種問題，我也太蠢了吧。

『你才是，為什麼會變邊緣人？』

要是被她這麼問了，我自己還不是只能含糊帶過。

「啊——可惡，狀況不太好。喂，走了，我們換個地方。」

我們走出遊樂場。

今天日落較早，街上吹著一陣乾燥的風，總感覺路上行人走路速度格外地快。

「是說你今天是打什麼主意？」

走在前面的喜多村說。

「竟然會主動邀我，你平常明明怕我怕個半死。」

「我能問昨天的事嗎？」

「……什麼昨天的事。」

「當然就是指昨天發生的事，昨天發生的所有事情。」

「遊樂場的事嗎？你射擊遊戲真的玩很爛啊，不多加練習可是會被店家當肥羊宰。」

「這點我很抱歉，但我不是問這個。」

「不然是問漢堡的事嗎？你食量也太小了，你以前並不算特別矮吧。今天有把午餐吃完嗎？肚子餓的話要不要我去附近便利商店買個麵包給你？」

「謝謝，但是不必了。」

「還有你以前不是打過棒球嗎？昨天在打擊場是怎樣，完全生疏了嘛。我都能打出全壘打耶？你下次去之前記得重新練一下。」

「我盡量努力。」

「啊，還有披薩跟壽司真的多謝招待了！哎呀——好久沒吃這麼美味的一餐了。真該跟伯母好好道個謝，雖然我沒東西能夠回禮！啊哈哈！」

「我想問的是之後發生的事。」

「給我忘了。」

只有這句是秒答，她連看都不看我一眼。

而我糾纏不休。

「我做不到，不可能忘記。」

「不管，給我忘了。反正最後什麼也沒發生，就當沒事聽到沒。」

「可是。」

「幹麼問個不停，明明就是個沒種的膽小鬼。」

「我是，不過——」

「給我忘了。」

她停下腳步。

抓住我的衣襟。

「砰」的一聲把我推向電線杆。

接著狠狠瞪著我。

她熟練的狠瞪頗具魄力，光是這樣我就嚇得縮成一團，只要一怕，就沒那麼容易止住恐懼，畢竟我邊緣人的性格已經深入骨髓。

「我做不到。」

即使如此，我仍強忍恐懼以顫抖的聲音說。

「我不可能忘記，也無法不問。不論我是多麼差勁的傢伙，我都做不到。喜多村，為什麼？為什麼昨天要做那種事？」

「──唔。」

喜多村瞪著我陷入沉默。

她身體瘦小，力氣卻出乎意料地大，或許是因為吃得多吧。我明明嚇得難以動彈，腦袋卻十分冷靜，我能清楚看見被喜多村染髮蓋住的耳朵整片通紅，以及她眼神雖銳利，卻快要哭了出來。

我忽然察覺到有些怪異。

不太對勁，到底怎麼回事？聲音、眼前景色，都變得莫名遙遠──周遭種種，變得輕薄、廉價。我不知道要如何解釋，該說像螢幕出現壞點嗎？又或是4K畫質的電視，忽然化作黑白畫面。

「……**我做了一個奇怪的夢。**」

她微微低頭碎念道。

我的心臟「怦」地加快脈動。

「我無法說明那是怎樣的夢，因為我根本就不記得，只知道那個夢很奇怪，而且莫名真實，醒來也難以忘懷。在那之後，我感覺我像是變了個人，整個不太對勁，甚至無法控制自己。」

「……那個夢裡，我有出現嗎？」

「你？啊——對，就是你，就是治郎出現。沒錯，你有出現，我怎麼會忘了？是說，為什麼你會知道自己出現在我的夢裡？」

我再次感到不對勁。

喜多村透依舊把我推向電線杆，眼神直瞪著我，我感到她的瞳孔，似乎散發出詭異的光芒。那是半夢半醒？還是過度集中？明明是看向我，卻好像在看著其他東西，這就是所謂的恍惚狀態？

「在夢裡，我跟你的感情不錯，你不是現在這鳥樣，我也沒有變壞。我們普通地聊天、玩在一起，偶爾會像今天這樣兩人出去玩，一起開懷笑著。爸爸跟媽媽也沒離婚，媽媽每天都會為我準備點心，不會叫我去買酒，也不會動手打我。」

天神由美里說過。

我的夢逐漸侵蝕現實。

而我夢裡的登場角色，全部都是現實中存在的人，她說我扭曲現實所造成的影響，已經開始出現了。

「最近每當我做夢醒來，就會變得很奇怪。我感到自己變了個人，就好像我從身後看著另一個自己。而另一個自己，不會照我的意思行動，她會一臉平淡地做著我不可能會做的事。我開始不明白，哪個才是真正的自己，甚至開始思考，那個不會照我意思行動，卻做著我做不到的事的人，會不會更像是我——不，應該說，**會不會是我一直都在做夢**。」

第三次感到不對勁。

周遭沒有任何人。

這條路離鎮中心有些距離，但在這時段應該會有挺多行人才對，我卻一個人影都沒看到，甚至連人的動靜都察覺不到。

不，慢著。

現在到底是白天，還是晚上？月亮在哪？太陽呢？

這裡真的是我所認識的世界？

下個瞬間。

我似乎感到——景色驟然扭曲。

「欸，治郎。」

聲音從上方傳來。

我抬頭看向聲音來源。

差點嚇得坐倒在地。

原本在我眼前的喜多村透，她不見了。

取而代之的是某種東西。

一**隻怪獸**。

牠看似少女，又像小丑或是盜匪——外觀如同參加夜宴盛裝打扮的蝴蝶，又貌似全副武裝的蠻族。牠的外型組合了各種複雜要素、十分詭異，卻有種動搖人心的美感，總之這個可能是來自於異次元的某種生物，超出了我的眼睛和大腦能夠理解的範圍。

先不論牠是什麼，重點是牠非常巨大，且看似凶猛。

我沒來由地感受到。眼前這莫名的生物，的確就是喜多村透，而且她變得十分危險。

「我呀——」

似乎是喜多村透的某種生物說。

「以前大概，曾經喜歡過你。」

我身體依舊縮成一團。

如同被蛇盯住的青蛙，被嚇得動彈不得，什麼都做不到。

「你，又是怎麼看我的？」

——我是個沒種的膽小鬼。

腦中所想、身體所為，沒一項是正經的。

我想受女生歡迎，想受人吹捧，我難以忍受女生對我的冷漠態度。不，我甚至無法容忍可愛女生對我以外的男人產生興趣，而且我還不願意承認自己如此幼稚，無法討厭如此難堪的自己，卻又不是對自己充滿莫名自信，最後陷入了負能量的漩渦無法脫身，就連脫身的念頭都沒了。

即使如此——

「喜多村妳……」

要說我是人小志氣高也行。

要說我是故作清高也行。

「我從以前就覺得妳是個好人，妳開朗、愛照顧人，還非常貼心。我們家離得不遠，父母工作類似，所以經常玩在一起，即使性別不同，我們感情依然要好。小四左右，我們慢慢疏遠，而妳因為父母的事轉學，之後就沒有交集了。我對妳，沒有一丁點不好的印象。」

我猜想，這世上肯定有許多辦法，能夠更加輕鬆地度日。

可是，即使如此。

「但也就只有這樣。」

要是我能改變生活方式，打從一開始就不會這麼辛苦了。

「我對喜多村，沒有更進一步的情感。」

我知道說謊很簡單啊？

事到如今，自己真的碰到了這種情況我才感受到。

要是我連打腫臉充胖子都做不到，我還活著幹麼？

邊緣人也是有志氣。

不喜歡的就是無法說喜歡，我說不出口，也不願意說。

就算她真正的姿態，不是個半吊子的不良學生，而是其他面貌——譬如那個我過去所認識，或許期待著與她再會的普通女生；不是在我眼前，這副難以言喻的怪物模樣。

我就是無法點頭。我想，不論是面對同樣的情境幾百幾千次，我的答案都一樣。

「我想也是。」

喜多村笑了。

她的身體徹底變了樣，我甚至不知道她是用哪個部位發笑，不過我就是能想像她微笑的模樣。

她拍著自己的頭，露出像是苦笑，又像哭笑含糊帶過的表情，那害羞的模樣，我確實看到了。

「被甩掉也很正常，誰叫我淨做些會惹人厭的事。」

然而這麼做。

我不經意堅持自我的這項事實。

已經足以摧毀某種僅僅是勉強維持住，且隨時都有可能崩塌的平衡。

「啊——啊，真無聊——」

喜多村嘆道。

她絕望地笑著，以悲痛的聲音傾訴。

「這種世界，乾脆毀掉算了。」

霎時間。

風景又改變了。

周遭景色扭曲、磨削，大樓、柏油路，所有停止的交通號誌和車輛，以及其他種種事物，都變化成抽象的物件，簡直像是臨摹畢卡索所畫出的鬼畫符。

（——不不不。）

我此時終於回神、冷靜下來。

雖然我沒空慌張深入思考這些，但我幾乎是順從本能，將心聲原原本本地說了出來。

這個，看起來不太妙吧？

這裡，大概已經不是我所知道的城鎮以及世界了。

在我眼前的，是隻大吼哀嘆的怪物。

我無處可逃，而怪物也失去自制力。

「啊、啊、啊、啊、啊啊、啊啊啊啊啊啊啊！」

被瘋狂支配的喜多村，將那類似手臂的東西揮下。

雖說是手臂，卻粗得跟圓木差不多，被那東西打到，我肯定會粉身碎骨，變成稀巴爛的肉塊。

我的本能告訴我要逃跑。

雙腿卻怕得一動也不動。

怪物的手臂，慢動作揮向我。為什麼是慢動作？啊，原來，這就是走馬燈啊。當我察覺時，為我帶來死亡的巨塊已直逼眼前，嗚哇糟糕死定——

「而我颯爽登場。」

下個瞬間。

視界再次曲折。

同一時間，一股強大的側向加速度直衝我來。我感到內臟差點從口中噴出，眼前頓時暗轉。

「英雄總是會晚一步登場嘛。雖然我只是一名義工，不是英雄就是了。」

我只覺眼冒金星。

唯有仰賴聲音把握現狀。

「我就為了連發生什麼事都不明白的治郎同學，概略解說一下。」

看來在千鈞一髮之際抱住我脫離危機，現在站在我面前，面對怪物的那個人是——

「這裡位於夢境與現實之間，也就是夾縫世界。」

天神由美里。

大概是這世上，最「自在」的女人。

「也就是你所擁有的力量中，明確是負的那一面。我說過吧？你的夢境會侵蝕現實，會像病毒般散播惡夢種子，你的夢境世界——會對接觸你所固有的特殊領域之人造成強烈影響。你看看，一個僅僅是稍微走上歪路的善良女生，變成了足以威脅世界的怪物。」

這人應該是天神由美里。

但不是我所認識的她。

「另外剛才治郎同學，之所以會滿不在乎現實世界中與喜多村透之間的關係，講出無數忠於心聲的發言，是因為這裡就是這樣的世界。在這世界，你的本我會赤裸裸地展現出來，思考則強烈受到本能影響。簡單來說，就是大家在這個世界都難以說出場面話。」

我不斷眨眼。

那不是戴著奇怪面具、身穿斗篷的瘟疫醫生。

也不是身穿制服的正統派黑髮美少女轉學生。

「話說回來，你可真過分啊。我不是說過了嗎，你的任務是把喜多村透追到手，人家都專程送上門來給你享用了，你怎麼偏要唱反調啊。不過，你這一點也很可愛就是了。」

由美里轉向我。

我指著她說。

「欸，妳這是什麼打扮？」

「問得好。」

她自豪地抬頭挺胸說。

「如何呀？這模樣是不是挺可愛的？」

我說明一下她的穿著。

她的制服上披著白衣，裙子短到大大方方地露出大腿，手上拿著巨大的刀刃——看起來像是拿外科醫生用的手術刀亂改造一通的某種武器。

然而很適合她。

也的確很可愛。

這是什麼打扮？是什麼角色扮演嗎？

「這是戰鬥服，還是我珍藏的一件。」

由美里得意地說。

「**在這裡**，治郎同學力量造成的影響會被限制，而且又與現實世界有所區別，我就能換上這身打扮。」

「這樣啊……」

「說實話，我一直很討厭你動不動就數落我那瘟疫醫生的穿著，我就心想總有一天要給你好看……所以如何呀？這身打扮，喜歡嗎？重新迷上我了？」

「不不不。」

就算妳這麼講。

現在可沒空說這些啊。

「真是冷淡。」

她嘆道。

「我好不容易等到最佳時機才出現，是登場方式不對嗎？」

由美里悶悶不樂地說。

妳這樣的舉動反而可愛得讓我心跳加速。

「不過，現在的確不是說這種話的場合。」

啊啊啊啊啊——

曾是喜多村透的那個生物發出號叫。

那夾雜著憤怒與悲傷的吼聲，讓人感受到現在的她與野獸無異。氛圍一觸即發，大氣、不，整個空間，似是一直線朝著破滅的奈落下墜。

「小心點，一不留神可是會連同靈魂都被她帶走。」

由美里說道，她重新握起手中的巨大手術刀。

我從她的側臉看到了無所畏懼。她不怕任何人，也無人能及。

「好了，治療(Operation)開始。」

第五話

我遇見一個奇怪的女人。

她自稱天神由美里，整天纏著我——佐藤治郎。她會出現我每晚的夢中並「討伐」我，最後討伐不成，就宣布成為我的戀人，現在不僅僅是夢裡，她還出現在現實世界。

而且由美里還要我將四個女生——也就是冰川碧、祥雲院依子、星野美羽、喜多村透追到手。她說這樣才能抵銷我所擁有的「操控夢境的力量」，也就是從破滅中拯救世界，這才是解決事態的捷徑。

我聽從由美里指示與喜多村透接觸的結果，就是來到這個莫名其妙的地方。喜多村透在這個位於夢境與現實之間的夾縫世界，創造類似閉鎖空間的東西，還把我關了進去，我正面臨空前危機。然後由美里穿著角色扮演服。那身以白衣為基底的扮裝確實很可愛，不過在這窮途末路的當下，那完全是無關緊要的事，雖說本人似乎心滿意足。

†

以上就是前情提要。

寫得太過隨便？怎麼可能。我只是完全跟不上這狀況，導致思考整個麻痺了，如果她要開始治療（Operation），我倒希望她先治治我的腦子。

「治郎同學。」

由美里說。

她手持貌似屠龍刀的詭異手術刀，與化作奇異怪物的喜多村透對峙。

「你可沒空發呆啊，麻煩你快逃。」

「妳叫我逃……是要逃去哪？」

沒有回覆。

取而代之的是手臂飛了過來。

粗如原木又貌似藤蔓的手臂，發出了不吉利的呼嘯聲，以迅雷不及掩耳之勢揮了過來。

那是大氣被撕裂的聲響。

緊接著柏油路伴隨爆音被挖出一個大洞。

下一瞬間，我已飛在空中，由美里抱著我在天上飛舞。她的腳吸住一旁的大樓壁面，如蜘蛛人般違抗重力吊著。

「總之你快逃。」

由美里再次說道。

「要一面保護你一面戰鬥，實在對我不利。」

「就說了，是能逃到哪？」

「哪都行。」

圓木藤蔓飛了過來。

由美里如蝴蝶飛舞般閃避，大樓則幾乎被斷成兩半，我的頭被身體受到的重力弄得搖來晃去，全身毛細血管發出悲鳴，戰鬥機駕駛員原來這麼偉大，竟然能挺住這種鬼東西。

「總之你就四處逃竄，不過我不建議你逃太遠。這個世界的構造還是未知數，我們所在的這一帶應該能維持不變，但夾縫世界太不安定，我難以評估風險。你盡量留在我視線和能力所及範圍之處，並逃得越遠越好。」

妳難道不覺得這要求根本搞我嗎？

可我實在沒空抱怨。

這次輪到由美里先發制人，她縱身一躍，柏油路的碎片也隨之揚起，她如子彈般衝向怪物，以屠龍刀造型的手術刀寒光一閃。

發出一聲「滋轟」的巨響。

怪獸肉片四散，簡直像是吃了一發飛彈。

啊啊啊啊啊——

怪物＝喜多村透發出哀號。

太厲害了，這是我心中最直率的想法。不愧是一晚就能輕鬆繞世界一周解決紛爭的女人，即使是在這個奇妙的空間裡，她也是超乎尋常地強大。

這樣我哪還有必要逃啊？

我看對手八成被秒殺了吧？穿角色扮演服的由美里會不會太神了？

……可惜事與願違。

四散的肉片被神祕的力量恢復成原狀，看起來跟影片倒轉一樣，一瞬間就恢復了。「啊啊啊啊啊——」怪物發出憤怒咆哮，看來牠完全恢復了，我不禁嘴角抽動，這樣的畫面，算是電影或遊戲中常見的老套，然而親眼目睹時，實在令人感到絕望。

滋砰。

轟隆。

由美里窮追猛打。

每當她揮下屠龍刀，肉片便隨之四散。

乍看之下，是由美里占優勢，但圓木藤蔓般的手臂仍不斷揮舞，看起來由美里的攻擊都無法給予怪物致命一擊，畢竟她實在難以接近怪物，才會逼不得已採取打帶跑的戰鬥方式。

還有這怪物，怎麼好像越變越大隻了。

每當牠被砍了又再生，尺寸便不斷變巨，我還以為是自己多心，然而並不是。這個空間裡大樓林立，不缺比較尺寸大小的對象，牠很顯然越變越大。這就是俗稱的細胞增殖？簡直跟放著不管便會自顧自地肥大化的癌細胞一樣，這樣的成長令人不寒而慄，而且牠的造型變得更加奇異。仔細看看，牠揮舞的圓木藤蔓又增加了幾支。每次增加，由美里的行動就變得更加遲鈍。最後她只能被動防守，完全沒空攻擊，甚至開始拿手上的屠龍刀掃開觸手。

我逃了。

除此之外別無選擇，待在這肯定會被捲入她們的戰鬥，況且我只有可能扯後腿。

不對啊，我是能逃到哪？

這叫夾縫世界的地方，周遭都是平時見慣的街景，卻又不是現實世界，如果拉遠距離仍無法降低風險，那待在哪還不都一樣？

『總之四處逃竄。』

我聽見聲音。

這不是幻聽，不過，也不是震動鼓膜所傳達到的聲音。

『我直接對你內心說話。』

——是由美里嗎？

我一面跑，一面轉頭看過去。

大戰巨大怪物的義工英雄，從遠處看去格外小隻。

『你的任務是活下來，並爭取時間。』

由美里說了下去。

我不斷奔走並專心聆聽。

『我先說明喜多村透現在的狀況。她感染到治郎同學這個病毒，使得患部異常增生，只要施以適當的外科手術就能舒緩症狀。』

妳說這場戰鬥其實是外科手術喔。

原來如此，需要爭取時間，現在我知道自己要做的只有這個。

不過這樣，不就是把問題全都推給妳處理嗎？

『我現在已經分身乏術了，依我估計，時間過得越久，喜多村透就會變成更加難纏，我很快就沒辦法對你使用這個類似心電感應的東西了。總之我們只能盡人事，遇上這一類極限狀況，能做的事總是有限，以上，通訊完畢。』

洗安捏喔。

反正我能做的，就只有四處逃竄。

既然她都這麼要求了，我至少得靠逃跑做出貢獻——

「嗚——!?」

我停了下來。

或者說是被強制停下，因為眼前有個傢伙擋住去路。

是喜多村透。

「欸，治郎。」

那個喜多村透說道。

「你成為我的東西，跟世界毀滅，你要選哪個？」

我冷汗直冒。

這傢伙是從哪冒出來的？正在與由美里交手的喜多村透，不是已經變成怪物了嗎？

「這個……」

我支支吾吾地說。

仔細一看，應該說第一眼看到，就發現這個喜多村透也**不太正常**。

她全身都是灰色。

看起來像是顏料凝固所製成的，一個造型精巧的雕刻，不過很明顯不是真正的她。而且還有點像某種軟體動物，身體不定形地晃來晃去，光是看著就叫人心神不寧。

「世界毀滅是什麼意思？」

「…………」

「是喜多村妳要毀掉嗎？把我們所在的這個世界破壞，世界就會跟著毀滅嗎？」

「…………」

「這麼一來，妳的願望就會實現嗎？」

「…………」

沒有回應。

與其說沒回應，應該說她毫無反應。

她的眼神黯淡無光，簡直就是個要輸入指令才會行動的機器人。

根據我的推測，我猜眼前這玩意，應該是在與由美里對峙的那個巨大詭異卻又莫名美麗的怪物，所產生出的一個終端？或者是分身之類的東西吧？所以反應才會如此遲鈍？因為不是本體，才只能執行簡單的指令？

「欸，治郎。」

灰色的喜多村透再次說。

「你成為我的東西，跟世界毀滅，你要選哪個？」

冒出。

冒出。

冒出。

當我察覺時已經太遲了。

不斷冒出的喜多村透，將我團團圍住。我正面有一個灰色的喜多村透，而左右各一個，背後也有一個。不對，在我數著的當下，又冒出了一個、兩個、三個。

爭取時間是嗎？可惡。

看這情況，怎麼想我都逃不出去了吧。

難道說，其實打從一開始我就逃不掉？

「我們來談談吧。」

我說。

「喜多村，妳到底想要什麼，說說看。我會盡量成全妳，不，是我想成全妳。」

「…………」

灰色的喜多村歪頭思考。

十多隻會動的流體雕刻，整齊劃一地在同一個時間歪頭，開始思考我的問題。這景象看得我差點嚇出尿來，說實話我已經怕到想要放棄了。

「那你能跟我做愛嗎？」

十幾隻喜多村，如環繞音響一般，異口同聲地說出。

我聽了差點沒跌倒，要不是因為情勢如此危急，不然就變成搞笑短劇了。

不不不。

面無表情像個機器人的妳提出這種問題，只會讓我不知該如何回答啊。

頻冒冷汗的我開始思考。

想清楚，要慎重答覆。

「可以。」

我點頭說。

「要問做得到或做不到的話，我做得到。」

「真的？」

「當然可以，應該說那太簡單了。妳別小看自卑的邊緣人，我們腦中除了性慾之外什麼都沒有，太簡單了，我能用生命擔保。」

「可是，治郎卻沒跟我做。」

「妳是指妳之前在家推倒我的事吧？別說蠢話了，我又不是種馬，突然就說『好，請現在在這裡做』，本來該出來的東西也出不來好嗎？至於現在這個情況呢？突然叫我做我當然做不到，不論是再自卑的邊緣人都做不到。」

沒錯吧？

我應該沒說錯吧？

再怎麼樣都做不到才對。欸，難道不是嗎？

「我倒想問妳。」

我把話題帶向其他地方。

「喜多村，這樣妳真的能接受嗎？在這種莫名其妙，還是在對方逼不得已的情況下，問對方願不願意跟妳做，妳真的這樣就滿足了？這真的是妳真正希望的事嗎？」

「…………」

「而且，我說妳，其實一點都不期待對吧？甚至不感到開心。我總覺得，妳似乎一直都很痛苦。該怎麼說，像是妳昨天跑到我家為所欲為地亂搞吧？那樣果然不太好。雖然我們倆最後什麼都沒做，不過要是真的做了，妳真的能夠接受嗎？我不懂妳的想法，真的完全不懂。」

「…………」

「我不明白妳在想什麼、妳的人生發生了什麼，我沒興趣所以我也沒問。不，這麼講不太對……應該說，是我裝作沒看到。我可能是害怕了，以前的妳跟現在的妳判若兩人，而以前的我和現在的我也是如此，我不想面對這件事，也不願意承認。這些東西，跟我們想做的事或是希望之類的，完全沒有關係，而是自然而然變成了這樣……啊──連我都搞不清楚自己在說什麼了。」

「反正無論如何。」

喜多村透說。

她如機器人般，平淡地說出。

「治郎都不會回應我的感情。」

「不，雖然可能是這樣啦！雖然是如此，但我想講的不是這咕欸！」

事情發生在一瞬間。

和怪獸那巨大如木的藤蔓不同，一條細長的藤蔓，如孔雀羽毛般從喜多村透的背後長出，轉眼間就將我綁住。

並將我高高舉起。

接著用力一勒。

我感覺自己骨頭斷掉，內臟說不定也跑出來了。

「我都知道，我其實並不算不幸。」

我險些失去意識。

不，說不定已經失去意識了？

我無法把握自己的狀況，有著明顯輪廓的自己，突然變得像是小孩的塗鴉一樣歪斜。

「我已經算得天獨厚了。媽媽自從被爸爸拋棄後，就變得怪怪的，生活雖不輕鬆，也不至於吃不了飯，即使偶爾會挨揍，也不至於有生命危險，我甚至還有餘裕能夠鬧脾氣、學壞、耍痞。可是——」

可是我卻不覺得疼痛。

意思是已經超越疼痛的層次了嗎，我可能真的快掛了。

「可是我卻拿**這份心情**無可奈何，這個想將一切摧毀的心情。我不知道這是憤怒、悲傷，還是自私，但我就是想這麼做，我再也無法壓抑，我什麼都辦不到了。」

即使如此。

我還是擠出最後一絲力氣說。

「我不明白啊，喜多村，妳講的我都不懂，我沒辦法陪伴著妳。我並不討厭妳，雖然被成為不良學生的妳叫去跑腿讓我火大到死，我一直想著總有一天要妳好看，但不會是用這樣的方式。」

意識朦朧了，也好。

起碼什麼都不必想。

只要把心裡話說出口就行了。

真是輕鬆。跟想說什麼都會反射性退縮，變得跟烏龜沒兩樣時的我相比，實在差太多了。

「我再說一次，喜多村。」

我沒必要顧慮她。不論對方受了怎樣的傷，或是害人受傷後自己又會被如何報復這種事，我都不必去想了。

所以我要說出來。

反正我都要死了，這種時候我就別管什麼進退應對，想怎麼說就怎麼說。

這是我這無法正常跟人溝通的邊緣人，唯一能做到的事。

「喜多村，我、無法、跟妳交往。」

我說。

「我想也是。」

喜多村接受了。

面無表情像個能面的她，彷彿看開地笑了出來。

我直覺性感受到，啊，真的死定了。

我沒看到走馬燈，雖不滿足，至少不後悔。

佐藤治郎還沒成就任何事，就被捲進這莫名其妙的狀況，甚至還沒找到解決辦法，便無能為力地從這世上消失了。

砰。

就在這時候。

我感覺到一股偌大的衝擊。

我必須重申，現在的我連話都說不出口。

眼中映出的景象，腦中描繪的現實，都如同無限擴張的曼荼羅般，我想這應該是因為腦內分泌物失常所造成的影響，我無法正常判斷任何事。

所以我只能將或許見到的景象，可能聽到的聲音，盡可能地傳達給大家，請不要太介意是否前後矛盾。

由美里飛了起來。

喜多村正面迎擊。

喜多村眨眼間巨大化，造型變得更加複雜，甚至還分裂了。這個景色，讓我聯想到在無人到達的叢林深處裡，靜謐地綻放的霸王花叢。簡單來說就是噁心又美麗，而且絕對不好惹。

由美里直衝向她，揮下屠龍刀。

喜多村猛烈地應戰。

最後，我被救了出來，由美里受了傷。喜多村雖然也受傷，不過瞬間就恢復了。

「不太妙啊。」

由美里單手抱住我說。

「我可能想得太天真了，雖說是迫不得已，選在對手所創造的未知領域進行治療，真的太勉強了。這就跟在炮火交錯的戰場上，挑戰高難度手術沒兩樣。」

她之所以單手抱我，是因為她失去了另一隻手。

就連苦笑的臉，右半邊也被轟掉了。她全身上下有著難以數盡的挫傷跟割傷，左腳扭曲成不自然的形狀，腹部正中央還開了個大洞。

簡而言之，她現在遍體鱗傷。

那一剎那的攻防，使由美里受到了嚴重的傷害。

這肯定是致命傷，只要是人看到她這副模樣，都百分之百會幫忙叫救護車，然而呼救的同時，心中卻想著大概叫了也沒救。

「治郎同學，你冷靜點。」

啊啊。

那個自誇著自在的傢伙。

竟然變成這副模樣。她這樣簡直就是美麗的蝴蝶，被天真無邪的孩童受好奇心驅使扭去翅膀跟手腳，淪為地上的毛毛蟲。

「你現在看到的並不是現實中的我。」

那個總是如風暴般出現在我面前、隨意亂搞，總是一副什麼都知道的模樣。

基本上都表現出高高在上的態度，卻不會過度囂張，舉止自然、隨心所欲，也不在乎被她牽連進去的人。

「這個夾縫世界不等於現實世界。」

充滿自信、臉蛋誇張的漂亮，胸大、腿長卻纖瘦，存在本身就是個奇蹟，穿著迷你裙白衣的角色扮演服會一臉得意，自視極高，嫉妒心還有點強。

「這裡跟你每晚會展開的固有領域有點相似，雖然息息相關，但不會完完全全反映到現實。」

沒錯。

我重申一遍，她就如自己所述的一樣自在。

這位名為天神由美里的少女，應是於高空翱翔的老鷹，必須是個孤傲的存在，她絕對不能被扭斷羽翼在地上爬。

「簡單來說就是我還不會死，一切都還沒有結束。」

這是誰害的？

是我害的。

「為了救你稍微逞強了些，這也在我預想的範圍內。不過嘛，會被打得這麼慘都是我自己的疏失……唉，真是傷腦筋。」

是我害由美里變成這樣。

是我害得她渾身是傷、慘不忍睹。

「我知道你雖然性格扭曲又乖戾，骨子裡卻莫名地有男子氣概又大膽，是個非常麻煩的人。都說了希望你把喜多村透追到手，最後你竟然採取相反的行動。」

我在心中默默地對她抱持憧憬、尊敬。

天神由美里這人，是個值得我這麼做的英雄。

「這下失手了，我本來還努力不讓自己走到這步田地，這下子會把**沉睡的孩子叫醒**。」

這時我心中感受到的，是憤怒、絕望、焦躁、義務，或者類似使命感的事物。

絕對不能這樣。

絕不能就這麼結束。

我必須設法打破現狀。

我死命探索腦內化學物質畫筆所描繪出的曼荼羅，即使身處不停翻弄我的濁流中，我仍試圖找出那根救命稻草。不知是過了一眨眼的時間，抑或是從人類發展出文明至今的時間。

是哪個都行，總之我察覺到一件事。

現在我們所在的地方，是有別於現實的夾縫世界。

是喜多村透所創造的世界。

另一方面，我能在自己夢中，創造出自己的世界。並在自己的世界，盡情享受為所欲為的夢境，說到底，這才是一切事件的開端。

意思是。

難不成，**這兩個世界是相同的**？

由美里說過，侵入我的夢境世界時，必須要穿上瘟疫醫生的打扮，那是保護自己的防護衣。

而由美里在這個地方，穿上了迷你裙加白衣的扮裝。我還以為那只是她的個人興趣，不過在面臨生死關頭的戰鬥時，她不可能因一時興起換上那種打扮。她說那是戰鬥服，相反來說，意思是**這裡不需要穿防護衣**嗎？

朦朧的意識裡，我感到心中有某種東西，和緩且急速地膨脹、彈開。就另一種形容來說，也能像是某種菌類累積了無數孢子，一鼓作氣炸開來。

在我心裡有許多事物聯繫起來。

我的意識朦朧，突觸卻全力運作起來。

這個，或許就是所謂的悟道吧？

——在我如此察覺的瞬間。

喜多村透隨著轟聲被打飛。

那個變成美麗又奇異的怪物，令天神由美里陷入苦戰、受到致命傷的那個喜多村透，被輕易地打飛了。

而打飛她的人是我。

我的手臂上布滿鱗片，指尖生出銳爪。

我感到心中的比例尺變得不對勁，變化成巨大怪物的喜多村透，看起來無比渺小。甚至產生一種自己正站在晴空塔或富士山頂端的錯覺，能夠清楚俯瞰這個無限單調的夾縫世界。

我能隨心所欲變成喜歡的模樣，不論要變成凶猛的龍，或是狡詐的惡魔都行。說過這句話的，正是我自己。

我在朦朧的悟道中所感知到的，是一道告訴我，自己無所不能的奔流。快樂，以及等量的憤怒與焦躁，這就是我的一切。占據我這個存在的，是想將這個世界徹底毀滅，且無從抵抗的慾求。

「啊啊。」

不知從哪傳來聲音。

「被你察覺了呢，治郎同學。」

我的意識在此中斷。

†

之後發生的事我都不太記得了。

當我再次回神時，人已經在街上。

見慣的街景、閃爍的霓虹燈、廢氣與灰塵的氣味、交錯的行人。

這就是所謂的黃粱一夢吧。

與見慣的街景如出一轍，卻毫無生氣的那個夾縫世界，已經消失得無影無蹤了。

由美里不在。

喜多村也不在。

而我肩膀長出的，依舊是那隻看起來就沒在運動的白嫩纖細手臂。

忽然有人從背後撞了呆站在原地的我，並嘖了一聲。

就好像真的是做了場夢。我茫然地踏出步伐，搭電車回家、淋浴、在沒人的客廳吃著乾泡麵，然後睡得像灘爛泥，這晚我沒做夢。

隔天早上。

我出門上學。

明明累到不行，卻一大早就醒來，教室裡還沒有任何人。

棒球社和足球社，正在操場上晨練，充滿氣勢的吆喝聲，彷彿是套上好幾層濾鏡，聽起來十分廉價。

「喲。」

有人對我搭話。

我面向聲音出處。

喜多村透站在教室入口。

「啊，嗯。」

喜多村走向我。

我頓時緊張起來，忍不住挺起背部，心跳亂了節奏。

「啊——」

喜多村問道。

「問你個怪問題。」

她看向窗外，手指搔著臉頰。

「嗯。」

「昨天的事，還記得嗎？」

「哪個部分？」

「那個，昨天，你不是邀我去遊樂場嗎？」

「是啊。」

「對嘛，我們有去嘛。後來我和你，有做什麼嗎？」

「啊……我們做了什麼來著？」

「我就是在問你啊，我怎樣想不起來，我們不會是喝酒了吧？」

「不，我想應該沒喝。」

「我想也是。是說治郎，你也不記得喔。」

「嗯，我也記不太清楚了。」

「嗯啊——搞什麼啊……怎麼感覺跟懸疑小說一樣，我們不會是被外星人綁走了吧？根本莫名其妙。」

我在心中默默同意她的話。

昨天發生的事，究竟哪一部分是現實，哪一部分是夢，我也分不清楚。明明能夠自由控制夢境，會說出這種話也真奇怪。

至於喜多村對昨天的記憶，似乎記得比我更模糊。她比我還早一步失去自我，這麼想似乎也是理所當然，畢竟昨天發生的事，就是這麼超脫現實，要說是夢境又過度擬真，才會引發這種現象吧。

「欸。」

喜多村改變了話題。

「我能說些往事嗎？」

「什麼事？」

「小學時的事，我想你八成不記得了，那是我轉學前發生的事。」

我感到困惑。

喜多村則繼續說下去。

「那是我們小四的時候，應該剛過完暑假，當時老爸跟老媽感情已經變差了，不過周遭還沒人知道。我爸媽都死愛面子，把事情瞞得很好，班上同學、學校老師、鄰居……包括治郎，你應該也不知道。你不知道吧？要是你發現的話真該給你拍拍手。」

「我完全不知道。」

「我想也是，畢竟我也瞞得很徹底。我感覺到要是這件事穿幫了，我肯定會完蛋，不光是老爸老媽會痛揍我，我也不希望認識我的人知道這些事，我甚至認為，與其被別人知道自己的家族可能會毀掉，那還不如死了算了，誰叫當時我還只是個大小姐。」

一二、一二、嘿——一二、一二。

數十名運動社團的人，發出了跑步的口號。沙、沙、沙，釘鞋踩地的步聲，有如規律且單調的節拍器。

「我下定決心要離家出走，我厭倦了這一切，打算徹底割捨，於是逃離家裡。其實我真的很難過，看著周遭環境一點一滴變化，最後承受不住了，況且我當時還很天真，說實話，會做出那種決定也沒轍吧？那時我就是個小鬼頭，內心更加脆弱，完全不知世間疾苦。我每天都想著『為什麼我必須受這種罪——』，然後像隻烏龜縮成一團，人這種東西，真的是輕易就會壞掉，雖然你可能不懂這種想法。」

「不，我懂。」

「我想也是，畢竟你也是被排擠的那類人。」

介於涼爽和寒冷之間的徐風，從敞開的窗戶吹入。

空氣十分清新，彷彿是剛注入杯中的蘇打水。

「總之我就離家出走了，當時我還是個小毛頭，根本不可能事先計畫好。我就只是裝病聯絡學校，將毛巾跟換洗衣物塞滿包包，把能找到的錢全收集起來就上了電車，我還自以為終於落得輕鬆了。可是我不知道接下來該去哪，連怎麼去都不曉得，身邊都是陌生大人，大家都用異樣眼光看我，甚至還有看起來像變態的老頭找我搭話，我嚇到差點漏尿，縮得比平時更像烏龜，甚至心想乾脆從這世上消失算了，最後只能一邊苦惱，一邊坐電車在同一條線上繞來繞去。當時還是小孩的我心想，這繞來繞去的狀況，不就跟現在的我一樣嗎？我心中充滿了走投無路的感覺，說真的，光是忍住不哭出聲就費盡全力。」

嘿喝、嘿喝。

嘿喝、嘿喝。

我聽著遠處傳來的口號，心中產生了奇妙的感覺。

我和喜多村兩人，在無人的教室裡說話。

前不久，我們還只是過去認識，現在變成叫人跑腿跟被叫去跑腿的關係。光是這幾天，就發生了無數的事。

我回想起了夾縫世界。我們簡直像是身在那個無機質的灰色世界，雖說這裡明顯是現實，卻不真實。

「當我回神，我人就在公園裡，就是你家附近那個，有大象啊、河馬之類醜陋設施的那個公園。現在好像已經拆掉了？總之我就在那骯髒的公園，坐在河馬嘴裡。我猜可能是做離家出走這種不習慣的事，神經緊繃過頭了吧，當時的我精神狀況本來就不好，甚至開始覺得我根本自討苦吃……然後，說實話我記得不太清楚了，畢竟當時我很想睡，當我察覺時，你已經坐在我旁邊了，你記得嗎？」

「我？」

「就是說你啊。」

「坐在喜多村旁？」

「我不就這麼講了。」

我眨了一次、兩次眼睛。

稍微思考後說。

「我怎麼不記得。」

「我想也是，就知道你會這樣講。」

喜多村笑說。

「我那時整個嚇死，雖然是你家附近的公園，其實也有點距離，我還聽說晚上混混都會聚集在那，所以沒辦法輕易去那邊玩。我大概是真的無處可去，才會在走投無路的狀況下，無意識地走到那邊，關於這點，當時的我或多或少也能理解，會這麼做也是理所當然。不過你突然出現真的是把我嚇壞了，就那時的我來看，你真的是憑空出現，我還以為你是穿越還瞬間移動過來的。」

我頓時想起某人。

天神由美里，她簡直就是神出鬼沒的代名詞。

「我當時很顯然就是出問題嘛，學校請假、跑去平常不會去的公園，還背了個大背包。我猜那時候，治郎你大概在我旁邊待了很久，因為我累到睡著，甚至沒有立刻發現你在……我是這麼想的，你覺得呢？」

「我也不清楚，我沒印象。」

「你記得當時對我說的第一句話嗎？記得我一醒來，看見你嚇個半死時，你對我說了什麼？」

「不，我不記得。」

「我們來踢罐子吧。」

喜多村肩膀一顫。

這時她低著頭，我也不太確定，我猜她八成是笑了。

「……你這麼說耶，太瞎了吧，竟然是踢罐子，未免太復古了，就連我爸媽那一代的人，都不知道有沒有玩過這個傳說中的老遊戲耶。我當時整個傻了，最後真的被你硬拉著在公園玩起踢罐子。光是找空罐就費了好大的功夫，是說你當時什麼都沒問耶，正常來說總會好奇問個兩句吧，像是『妳絕對是離家出走了吧』之類的。」

喜多村邊說邊笑。

「結果我們倆就莫名其妙開始踢罐頭，還玩得很開心，我猜那對我來說，應該就是所謂的雪中送炭吧。果然人被逼到絕境時，就應該好好地散心解悶，可是一個人做不到那種事，我當時全身能量已經見底，一個人什麼都做不到了。我們玩了好一陣子，才各自回家，我一到家終於放聲爆哭出來。幾天後，我被我媽帶離家裡，就這麼告別了學校、過去住的城鎮……是說你真的不記得喔？明明是那麼好笑的情境。」

「被妳這麼一講，我開始覺得不記得有點可惜了。」

「就是啊——你不記得真可惜，我可是因為那件事才喜歡你耶。」

「喜歡我？」

「就是你。」

喜多村點頭。

她表現得非常自然，整個人不加矯飾，也不生氣、焦慮、緊張，只露出勉強能稱作微笑的表情。不論是現在，還是過去，我大概是第一次見到這樣的喜多村。

「雖然從以前就喜歡你，但這應該是真正喜歡上你的關鍵……那個，也不是說提起這段往事有什麼特別的意思，反正對我來說，事情就是這樣。」

「嗯。」

「總而言之，我喜歡你。」

「嗯，不過對不起。」

「我想也是。」

喜多村「哈哈」地笑著低頭，接著馬上抬起頭來、向前踏步。

親了我。

事情來得非常突然。

嘿喝、嘿喝、嘿喝。

『喂，一年級的，少給我發呆了！』『是——！』

「笨——蛋。」

喜多村露出白皙的牙齒。

我稍微看到她的虎牙，她雖面帶微笑，卻漲紅了臉。

「白痴，你以為這麼簡單就能拒絕我嗎？要是不喜歡就轉學啊，笨——蛋、笨——蛋。」

嘿喝、嘿喝、嘿喝。

跑步聲依然沒停。

介於涼爽和寒冷之間的徐風，吹得教室窗簾搖曳。

†

『這可真叫人吃驚。』

從手機傳來了真心感到震驚的聲音。

嘿喝、嘿喝、嘿喝。

晨練的跑步聲持續著。

喜多村匆匆離開教室，教室內也陸續出現了一兩名同學，我的手機難得地響起來電鈴聲。

「喜多村透不錯嘛，我不討厭這樣的人。」

到校學生逐漸增多，人流來來去去。

我為避免引人注目，到走廊上小聲地通話。

不用說我都知道是誰打過來，能在這種恰到好處的時間點打電話的，就只有自稱自在的傢伙了。

『先恭喜你了，治郎同學，看來你已經完成了最初的任務。不論結果好壞，總之你迎接了一個結局。就我來看，喜多村透的病情也已經緩解，不過我倒是沒想到會以這樣的形式結束。』

「不，我比較想問——」

『還有你能告訴我詳細一點的情況嗎？我是指你和喜多村透的對話。在做出結論之前，我必須仔細驗證才行，也就是必須留下所謂的病歷表。』

「不不不，在那之前，由美里妳沒事吧？」

說明完事件原委的我，對她詢問道。

「昨天妳差點死了不是嗎？雖說那不是現實世界，但也不完全與現實區隔開來對吧？」

『謝謝你關心我，沒事的，我沒死，未來也死不了。只是受到過大的傷害，得暫時專心治療，雖然可惜，學校得暫時請假了。真是的，都難得轉到你學校了，竟然無法享受所謂的校園生活。』

「看妳倒是挺有精神的。」

『沒這回事，昨天我真的是陷入危機。多虧某人壓根不聽我的指示，才出現了一堆意外狀況，真是倒楣透頂。』

「這……抱歉，都是我的錯。」

『你若是真的感到抱歉，就把和喜多村透的對話說給我聽吧，後來發生什麼事了？』

每一次，主導權都是握在她手上。

我只能壓下想提問的念頭，先順從由美里的要求。

「妳問發生什麼，其實沒什麼事。」

我選擇措辭說。

「我只是告訴她了。」

『你說了什麼？』

「該怎麼說……我覺得我們之間有許多誤會，才會導致兩人擦身而過，至少我們把自己的主張，以及心裡想講的話都講了……不過之所以談起這種事，完全是順其自然，而且喜多村幾乎不記得昨天發生的事，所以她是不是真的妥協了，我也不清楚。」

『哼嗯，果然失去了部分記憶啊……也沒辦法，那個空間並不是能夠輕易踏入的場所。打造出那個世界的，正是喜多村透本人，她所受到的傷害，應該比我這個入侵者要低得多，這點我雖然明白，但她能夠一臉沒事地來上學還真叫我吃驚。或許是因為她意外地神經大條吧，我可是被她狠狠修理了一頓呢。』

「虧妳還是以自在為賣點的義工英雄。」

『你以為會變這樣是誰害的？算了，然後呢？你對她說了什麼？』

「啊……」

我閉口不言。

仔細想想，這一段好像不該對別人講。

正因為是在那種氛圍下，還是兩人獨處，我才能夠自然地說出那句臺詞，現在回想起來……嗯，那句臺詞真的是非常「那個」。

『我醜話先說在前頭。』

由美里再次叮囑。

『我可不允許你拒絕回答喔？還是說我必須從頭說明一遍，是誰害我陷入必須用手機聽你報告的窘境？』

吵死了，我知道啦。

我實在無法拒絕，只能做好覺悟。

「我對她說……從今天起，妳就是我的跑腿。」

我竟然說出如此丟臉的臺詞。

我看著走廊窗戶，確認自己一臉煩躁來遮羞的表情。

「我對喜多村透這麼說——我會繼續當妳的跑腿，兩人跑腿的順序每隔一天交替，這樣就不用介意欠對方錢了。」

『嘿──』

由美里嘆道。

接著陷入沉默。

用手機說話就是不方便，這種時候只能想像對方表情，真叫人坐立難安。

「喂。」

『……嗯？』

「說話啊。」

『啊啊，抱歉。我只是，有點感動。』

「有什麼好感動的。」

『這也算是種瀟灑的體貼啊。你慎選措辭，既不傷害對方，也不否定過去的關係──對治郎同學來說，被喜多村透叫去跑腿其實非常屈辱吧？你甚至鬱悶到想在夢裡報復她了。而你卻對那段往事既往不咎，也沒糟蹋喜多村透的告白，建議她建立起全新的關係，這不是很美好嗎，我真為自己的戀人感到自豪。』

「別講了，妳這麼誇我會受不了。」

『你的性格可真彆扭。』

由美里笑說。

『老實接受我的稱讚吧，我這是真心誇你。』

「是說妳能接受嗎？」

『嗯？接受什麼？』

「我們好歹也是戀人吧？至少就妳的說法是這樣，雖然實際上，我們也沒做什麼戀人會做的事。」

『嗯，畢竟我們很忙嘛。你有我要求你去做的事，而你別看我這樣，得做的事可多了。我們頂多只能接吻、坐你膝蓋上盪著公園的鞦韆、兩人環遊世界一周，確實是沒做什麼戀人之間會做的事……嗯嗯？奇怪了？這麼一講，我們好像做了不少特別的事呀。』

「別扯到別的地方，我要說的不是這個。」

『我知道，你是想說彼此戀愛觀不同對吧？說實話，我並不覺得戀人是屬於自己的所有物，也不認為有獨占對方的權利，我甚至覺得自己的戀人要是有異性緣，就證明了他有做為戀人的價值。當然你要跟喜多村透發生更進一步的親密關係，我也非常歡迎。說到底，要是你做不到，也不可能完成追到四個女生的任務……這樣講你能認同嗎？』

「不，就說了我沒跟妳扯這個。」

『還有，我們的戀愛觀並沒有不同。我自知沒有獨占你的權利，但並不表示我沒有獨占慾。』

由美里說。

不知是不是我多心，她的聲調似乎變低了。

『意思是，只有我是正宮這件事，我是不會妥協的。要是你太花心，我也是會嫉妒的喔？』

「哦、哦。」

我真的心動了。

她這鬧彆扭的說法，真的是絕妙地可愛。我實在無法想像平時的由美里會這麼講。

喂喂，拜託妳別突然來這招，反差萌未免太犯規了。妳不應該是我高不可攀，孤傲且獨一無二的存在嗎？

不然的話，會害我真心迷上妳。

『然後呢然後呢？』

由美里態度轉了一百八十度。

又變回了平時那個調調。

『然後怎樣了？還有發生什麼事嗎？』

「……妳會不會太好奇了？我們還得繼續這個話題嗎？」

『我也跟常人一樣，最喜歡戀愛話題了，後來怎樣了？你跟喜多村透還有發生什麼事嗎？』

「剩下就沒什麼大不了的，她說我們交換 LINE 吧，然後就交換了。」

『原來如此，你們有什麼互動嗎？或是丟貼圖之類的？』

「她有丟，丟了一個嗯得可愛的吉祥物過來，還一邊拋媚眼一邊開槍。」

『這應該是對你宣戰吧？表示她已經做好絕對要攻陷你的覺悟。不錯嘛，就該如此才對，叫我心動不已呢。嗳，你能不能丟那個貼圖給我？』

「我不知道怎麼丟貼圖，還有我想談的也不是這種事。」

我壓下興奮過頭的由美里，提出想談的主題。

「我說由美里，**我到底是什麼？**」

在那個夾縫世界裡。

喜多村透被我的夢境侵蝕後，創造出了一種類似精神世界的閉鎖空間——我不認為那個空間，與我能夠自由操控夢境這件事毫無關聯。

我，變得不像是我。

我擁有某種強大、駭人的力量，那股力量是即使化身成怪物的喜多村透，也完全無法相提並論。我猜——是那股力量使我改變姿態，粉碎了喜多村透，並消滅她心中的某種東西。

我不確定事情的真相，畢竟我自己對事件始末也記得模糊不清，不過應該是真的發生了某件事。

我猜由美里、我，以及喜多村透，差點就因為那場重大危機沒命了。

雖然這莫名其妙的危機結束，但我就是無法當沒事就好帶過。我有一種預感——這問題比我所想像的，比我至今經驗過的任何事，都要來得嚴重。

而且我什麼都不明白。

我不明白自己，也不明白周遭發生了些什麼。

最重要的，便是造就我現在這處境的人，正是天神由美里。

『你是世界的敵人。』

由美里簡潔回答。

『我曾經這麼說過，治郎同學，你是世界的敵人。你做的夢會侵蝕這個世界，所以你是世界的疾病，而我自認是世界的醫生（Doctor），我會毫無區別地治療世界羅患的大小病症，我講好聽點是守護者（Guardian），若講得不好聽，就只是一個方便的義工。我能做的有限，也有所限制。』

「這段話我早就聽過了，可是這麼講根本模糊不清，太籠統了。每次妳講的都只是概念，我所面對的所有怪事，都來自於夢境世界以及夾縫世界，那些都與我所知道的現實有所區別，太不真實了。現在究竟發生了些什麼？未來又會如何？我該如何是好？」

『你會這麼想也沒辦法。』

周遭一片嘈雜。

學生越來越多。

班會即將開始，是時候該掛斷了。

『但我希望你能諒解——首先，我也並不是明白所有事情，這世上總是會冒出「未知的病症」。那些病症不只凶暴，也不會管我們願不願意接受，即便如此，我仍須想辦法應對，所以這世上才會出現像我這樣的存在，我自己是這麼理解的，事實就是如此地不自在。』

「……………」

『有什麼關係，治郎同學。你不是這麼說過嗎？「無聊至極的人生終於要變得有趣了」，還有「現世如夢，夜夢方真。」——那是某位大作家所寫的短句吧，看來即將成真了。』

確實是。

我曾這麼講過。

問題是講這句話時，和現在的狀況完全不同吧？

『總之，恭喜你達成任務。雖然你硬來、莽撞、毫無計畫，可能還碰了點運氣，不過我們完成了對喜多村透的手術。現在就祈禱不會馬上發生下起事件吧，依我現在的狀態，實在是無法連番戰鬥。』

「是啊，我也這麼認為。」

『治郎同學，等我身體恢復了，我會好好告訴你，那些你想知道的事，以及非知道不可的事。應該說，就算你不想我也非讓你知道，你現在的處境，以及你身上的責任有多麼重大。我可不許你坐視不管，你要做好覺悟喔？』

「……知道了啦，這點事我好歹也明白。」

「很好，那麼我要掛斷了。我們現實中，或是夢境再會吧。我不太喜歡打手機，會覺得想講的都沒有傳達清楚。」

她說完便掛斷電話。

我回到教室，裡頭人聲嘈雜。

班長冰川碧、辣妹祥雲院依子、文藝社員星野美羽都在。

我和喜多村透對上眼。她一臉「看屁啊？」的表情瞪了過來，我立刻別過頭。

鐘聲響起，班導走進教室。

「好了——大家回到座位——」

班會開始。

「開始點名了——啊……天神缺席。」

我不顧班導的喊話心想。

剛才和由美里通話時，我沒說出口的事。

在那夾縫世界裡，我身陷危機、幾乎要失去意識時，似乎聽到了由美里的聲音。

『啊啊。』

『被你察覺了呢，治郎同學。』

……那句話是什麼意思？

聽她的口氣，我好像**知道了不能知道的事**。

那聽起來就像是存在著某種不能被察覺的事。以及被察覺了會對誰不利。

我閉上眼。

回想起當時。

那股感覺還殘留著。手臂長滿鱗片、銳爪，湧現的力量以及衝動。

能輕易打倒喜多村透這隻怪物的我，也成了一隻怪物。

現實，和非現實。

我還無法分辨兩者的分界線，也無法理解。

我究竟被捲入何事，未來又會發生什麼。

「佐藤——佐藤治郎——」

「啊、有。」

「島村——島村薰——」

「有。」

……就在此時。

我的手機震動了，噗嚕嚕、噗嚕嚕。

我通常會把通知的鈴聲全部關掉，這種事幾乎不會發生。我偷偷看向手機畫面，LINE 傳來了一則訊息。

雖然自己這麼講還挺惱火的，可是我根本沒有會傳 LINE 訊息跟我打屁的朋友。至於由美里，那傢伙剛轉學來當天硬是跟我交換 LINE，剩下的就只有剛才交換的喜多村，再把可能性擴大一點，那也頂多加上我老媽。

我看了一眼訊息內容。

接著故作平靜收起手機。

「祥雲院——祥雲院依子——」

「有——」

我嚇得面如土色。

我身上飆的這是冷汗嗎？

一個陌生人傳了訊息給我，好友名稱那部分整個是黑色的。

「立川——立川悟——」

「有——」

為什麼會有**陌生人傳訊息給我**？

這是怎樣？LINE 會出現這種訊息？是誰在惡作劇？不，我完全無法想出是誰會做這種事。就算真有這麼一個閒人會幹這檔事，也無法解釋這則訊息的內容。

這是什麼？

什麼意思？

我該如何解讀這則訊息？

……老師繼續點名。

「冰川──冰川碧──」「有。」

「星野──星野美羽──」「有。」

此時的我，還無從知曉。

這個世界的事、自己的事，以及我到底被捲入什麼事件。

小心

天神由美里在說謊

後記

「大輔老師你聽我說啦。」

編輯K氏愁眉苦臉地說。

「其實發生了這種事——」

他所說的，是某次失敗經歷。

為了他的名譽著想，我無法詳談，在這只能說話題內容是「無名怨憤對男女關係的影響」（估計有所誇飾）。

「……總之老師，事情就是這樣啦。」

「嗯嗯。」

「就我來說，我真的是很想給那些冷漠對我的女人們還以顏色，也就是好好『教訓』她們。」

「原來如此原來如此。」

「老師，你聽完能夠瞭解我的心情嗎？」

聽他娓娓道來後，我陷入沉思，接著拍膝說道。

「我懂！」

然後這麼說。

「把這寫成小說吧！」

就這樣，得到「教訓」的我，寫出了《黑暗中的戀愛喜劇》的雛形。這應該算是作家和編輯的無聊閒談中催生出作品的典型案例。

這部作品用棒球來譬喻的話，應該就是「時速一百六十公里的變化球」。

換言之，這是鈴木大輔的最佳傑作。

我相信一定會有正反兩方的意見，若有什麼指教，希望能用ＳＮＳ或寫信告訴我。

我早已完成第二集的初稿，順遂的話應該會在夏天出版。

即使已經知道這部作品的結局，仍希望各位讀者能守候佐藤治郎和天神由美里的未來。

二〇二二年四月某日　鈴木大輔

浮文字

黑暗中的戀愛喜劇1

（原名：ラブコメ・イン・ザ・ダーク）

著　　者／鈴木大輔
執 行 長／陳君平
榮譽發行人／黃鎮隆
協　　理／洪琇菁
總 編 輯／呂尚燁

繪　　者／tatsuki
美術總監／沙雲佩
美術編輯／陳聖義
執行編輯／石書豪
文字校對／施亞蒨

譯　　者／蔡柏頤
國際版權／黃令歡、高子甯
內文排版／謝青秀

出　　版／城邦文化事業股份有限公司 尖端出版
台北市中山區民生東路二段一四一號十樓
電話：（〇二）二五〇〇－七六〇〇
傳真：（〇二）二五〇〇－二六八三
E-mail: 7novels@mail2.spp.com.tw

發　　行／英屬蓋曼群島商家庭傳媒股份有限公司城邦分公司 尖端出版
台北市中山區民生東路二段一四一號十樓
電話：（〇二）二五〇〇－七六〇〇（代表號）
傳真：（〇二）二五〇〇－一九七九

中彰投以北經銷／楨彥有限公司（含宜花東）
電話：（〇二）八九一九－三三六九
傳真：（〇二）八九一四－五五二四

雲嘉以南／智豐圖書有限公司
（嘉義公司）電話：（〇五）二三三－三八五二
傳真：（〇五）二三三－三八六三
（高雄公司）電話：（〇七）三七三－〇〇七九
傳真：（〇七）三七三－〇〇八七

香港經銷／一代匯集
香港九龍旺角塘尾道六十四號龍駒企業大廈十樓 B&D室
電話：（八五二）二七八三－八一〇二
傳真：（八五二）二五八二－一五二九

新馬經銷／城邦（馬新）出版集團 Cite（M）Sdn. Bhd.
E-mail: cite@cite.com.my

法律顧問／王子文律師 元禾法律事務所
台北市羅斯福路三段三十七號十五樓

二〇二三年十月一版一刷

■中文版■

郵購注意事項：
1.填妥劃撥單資料：帳號：50003021戶名：英屬蓋曼群島商家庭傳媒(股)公司城邦分公司。2.通信欄內註明訂購書名與冊數。3.劃撥金額低於500元，請加附掛號郵資50元。如劃撥日起 10～14日，仍未收到書時，請洽劃撥組。劃撥專線TEL：(03)312-4212 ・ FAX：(03)322-4621。E-mail：marketing@spp.com.tw

國家圖書館出版品預行編目資料

黑暗中的戀愛喜劇 / 鈴木大輔作；蔡柏頤譯. -- 一版. -- 臺北市：城邦文化事業股份有限公司尖端出版：英屬蓋曼群島商家庭傳媒股份有限公司城邦分公司尖端出版發行, 2023.10-
冊；　公分
譯自：**ラブコメ・イン・ザ・ダーク**
ISBN 978-626-356-977-5（第 1 冊：平裝）

861.57　　112011738